COMMENT S'OCCUPER UN DIMANCHE D'ÉLECTION

FRANÇOIS BÉGAUDEAU

COMMENT S'OCCUPER UN DIMANCHE D'ÉLECTION

Éditions Divergences

Conception graphique : Mouvement C
Correction : Alexandre Mouawad & Alex Taillard

ISBN : 979-10-97088-48-4

Le choix de voter ou non n'est pas un choix politique.

Parmi mes amis portés sur la politique, certains votent, d'autres non, et notre amitié est indifférente à cette donnée. Je ne vote pas, et cela ne me fâche pas avec les premiers ; si je votais, cela ne me fâcherait pas avec les seconds. Gourmandes de tout sujet, nos discussions n'évoquent une élection que comme nous évoquerions une préférence vestimentaire ou une destination de vacances. L'an dernier Stéphanie a passé une semaine en Ardèche et par ailleurs elle a voté aux municipales. Ou n'a pas voté aux municipales. Je ne sais plus bien. Nous n'en parlons pas. Nous préférons la politique.

Symétriquement, nombre d'individus indifférents à la politique mettent un point d'honneur à voter. Ceux-là ne lisent pas la presse généraliste, ne s'abonnent à aucun média en ligne, ne s'enquièrent d'aucun conflit social ou conflit armé en cours, préfèrent avaler une saison de *The Crown* qu'un documentaire sur les crypto-monnaies, sèchent si on leur demande une loi votée sous le présent quinquennat, ne sauraient nommer le nouveau chancelier allemand, ne sont ni syndiqués ni militant associatifs, ne sont descendus dans la rue que le 11 janvier 2015, mais votent à tous les coups.

Ce n'est pas une contradiction.

Ma sœur peu politique vote ; son frère très politique ne vote pas. Ma sœur et son frère sont logiques.

Je ne vote pas et pourrais aussi bien voter ; comme je pourrais vivre dans une autre ville que Paris, m'abonner ou non au théâtre municipal de cette ville, équiper mon nouvel appartement d'une box SFR ou Free.

L'abstention fait partie de ces choses, nombreuses, que je pratique sans les professer.

Je suis assidûment le rugby sans essayer d'y convertir mes voisins.

Je sucre mon café mais peux comprendre qu'on ne le sucre pas.

Je n'ai jamais fait de psychanalyse mais ne dissuaderais personne d'en faire une.

Je n'ai pas le permis de conduire mais n'empêche personne de le passer.

Au contraire je me réjouis que des connaissances ou des membres de ma famille conduisent. Mon empreinte carbone restera impeccable si d'autres aggravent la leur en me voiturant comme ils le font depuis trente ans que je les parasite.

Analogiquement, la sérénité de mon abstention est sans doute en partie liée au fait que d'autres ne s'abstiennent pas.

Aussi vrai que le travail de prolétaires français ou sri lankais est la condition de mon confort, le vote des autres serait la condition de ma désinvolture sur le vote.

Je dors en paix parce que d'autres veillent.

Cette métaphore est flatteuse pour les votants, qui ne veillent sur rien. Mais il y a de ça. D'ailleurs la perspective d'abord grisante d'une élection où l'abstention s'élèverait à 100 % finit par me procurer une légère angoisse.

Si je m'autorise à ne pas voter, c'est d'abord pour la raison faible que d'autres le font à ma place.

Ma position n'est pas universalisable, puisque sa généralisation l'annihilerait. Si tout le monde s'abstient, les abstentionnistes ne peuvent plus se reposer sur des votants.

Ma position n'est défendable qu'à supposer qu'une majorité ne s'y rallie pas. Je suis un militant du non-vote qui a intérêt à ne rallier personne. C'est-à-dire que je n'en suis pas militant.

J'ai l'abstention molle.

Je m'abstiens avec si peu de zèle qu'un rien me retournerait.

S'il se faisait qu'à 19 h 30 mon seul suffrage dût provoquer la défaite de Michel Onfray bombardé candidat d'un mouvement *républicain*, il est envisageable que je me donne la peine d'aller voter – à moins que l'emporte l'excitation de le voir se vautrer à l'Élysée.

S'il se trouvait que Poutou ou un autre camarade fût en position de l'emporter à cinq mois de l'échéance, je dérogerais sans doute à ma ligne et courrais me réinscrire sur les listes. Preuve que ma ligne est en chocolat. Preuve qu'elle ne s'appuie sur rien, sinon sur la certitude documentée que le dispositif électoral exclut qu'un Poutou l'emporte.

Il faut dire aussi que je n'aime pas voter.

Pas plus que je n'aime traîner dans un magasin de chaussures, ouvrir mon courrier administratif, me raser, le quartier Saint-Lazare, passer l'aspirateur sur un parquet, les plages de galets, le whisky-Coca, les derniers romans de Duras, les chiens collants, *Full Metal Jacket*.

Je n'ai pas aimé la démarche pour obtenir une carte électorale, dont en outre la possession ne m'a octroyé aucune fierté. En quoi je suis de toute évidence un petit-bourgeois oublieux de son privilège d'habiter un continent *développé*. Tenir en main la carte et *a fortiori* l'utiliser m'aurait sûrement noué d'émotion si j'étais le fils d'immigrés ayant ramé pour obtenir la nationalité. Mais le fait est là. Comme est factuel le dégoût qui m'a saisi dans l'isoloir lors de la présidentielle 2007, troisième et dernière élection à laquelle j'ai participé.

Il faudrait disséquer ce dégoût ; ce dégoût teinté d'embarras. Je n'étais pas fier non. Pas fier du tout. Un peu comme au Monoprix, lorsqu'une voix intérieure et probablement céleste me demande si déposer un paquet de nouilles sur le tapis de caisse me satisfait.

Est-ce bien digne de toi ? continue la voix.

Est-ce bien digne de la haute idée que tu te fais de la vie ?

Un ami m'a dit un jour qu'il adorait voter. Son foncier anarchiste le laissait sans illusion sur le trompe-l'œil de l'élection, mais rien à faire, voter l'euphorisait autant qu'une virée à Berck-sur-Mer pendant son enfance à Arras.

Il aimait le bureau de vote, son atmosphère feutrée, ses gestes pesés, sa liturgie laïque. Il aimait cueillir trois bulletins pour masquer son choix tout en snobant ostensiblement les listes de droite PS compris, écarter le rideau noir, l'écarter à nouveau pour ressortir du sanctuaire, se glisser dans la queue civique, bien viser la fente, saluer les assesseurs. Il poussait le *guilty pleasure* jusqu'à se porter volontaire pour le dépouillement, qui établirait l'avant-dernière place sur treize de la liste municipale qu'il soutenait.

De son vote, l'ami ne faisait pas tout un plat, mettant l'élection à sa juste place dans la panoplie des activités humaines. À sa marotte électorale, je n'avais donc pas plus à redire qu'à sa manie d'organiser des barbecues dès les premières chaleurs de printemps. Nos divergences de goût sur le vote compromettaient beaucoup moins notre entente politique globale que sa navrante dilection pour le black metal.

Hélas c'est souvent que je croise des gens, étranges quoique majoritaires, qui tiennent le vote pour plus important que le barbecue. Et fustigent ceux qui ne souscriraient pas à ce prêche.

Si un non-votant passe non loin de la chaire, il ferait mieux de ne pas la ramener, sauf à s'exposer à l'anathème. Voter est un devoir, sermonne l'électeur prosélyte. Voter, des gens sont morts pour ça. Le vote est à la démocratie ce que la roue est au vélo. Le vote est un don du ciel. Le vote multiplie les pains. Le vote guérit l'arthrose.

Le vote, des milliards de gens sur Terre nous l'envient, dont la plupart ont eu le malheur de ne pas naître en Occident. Vis-vis de tous les déshérités privés d'élection et d'eau courante, l'abstentionniste devrait avoir honte.

L'électeur prosélyte enverrait bien ce petit con d'abstentionniste voter à coups de pied au cul. Ici en Europe on respecte les opinions de chacun mais l'abstention n'est pas une opinion, c'est un enfantillage. Il faut d'emblée marquer la règle, sinon l'abstentionniste s'enfoncera dans la délinquance. Pourquoi ne pas rendre le vote obligatoire ? Comme en Belgique. Avec amende de 40 euros pour ceux qui ne votent pas, de 200 euros pour les récidivistes.

On gage qu'ainsi les pauvres se décolleront de leur Playstation pour aller aux urnes, comme tout le monde. Comme les riches. Les pauvres étant pathétiquement obsédés par l'argent, on gagne à les prendre par le portefeuille, qu'ils ont vide mais radin.

Nous avons passé l'âge de répondre à l'électeur comminatoire. Nous sommes désormais presbyte et régulièrement encouragé à passer une coloscopie.

Nous nous abstiendrons de suggérer qu'une cause n'est pas justifiée par le fait qu'on meurt pour elle. Nous n'aurons pas l'indécence de mentionner les djihadistes suicidés au nom de la charia, les sbires de Pablo Escobar prêts à se sacrifier pour leur chef adoré, des soldats nazis morts pour débarrasser l'Europe de la vermine juive, entre autres exemples en orbite du point Godwin. Il ne sera pas dit, dans cette discussion mort-née, que des milliers d'imbéciles meurent chaque année pour des causes imbéciles ni que, à supposer que des gens aient payé de leur vie l'obtention du droit de vote, comme les perroquets le récitent sans donner un seul exemple probant, cela ne vaut en rien validation du système électoral.

Nous tairons aussi notre point d'accord avec les électeurs imprécateurs : oui, il serait urgent que les habitants de dictatures obtiennent des élections non truquées – et ainsi cessent de gâcher leur énergie politique à les réclamer.

Plus éprouvant pour mon flegme est le présupposé, aussi mondialement répandu que l'iPhone, selon lequel le vote est un acte politique.

Enivré par son autocélébration, l'électeur prêcheur va jusqu'à affirmer qu'élire est l'acte politique par excellence, comme le swing est le geste cardinal du golf.

Un golfeur swinguera ou ne sera pas golfeur. Un citoyen élira ou ne sera pas citoyen. C'est la condition *sine qua non* pour intégrer le cercle civique. Commence par voter et tu pourras l'ouvrir. Sinon, on ne veut plus t'entendre. Ne viens pas critiquer une politique que tu as approuvée en t'abstenant. Qui ne vote pas consent.

L'abstentionniste est civiquement prié de se taire. Pour un démocrate, et l'électeur est un démocrate accompli, tout est discutable sauf l'indiscutable. La dignité du vote et l'indignité du non-vote ne se discutent pas.

Pas de démocratie pour les ennemis de la démocratie.

Tolérance zéro pour les ingrats qui crachent dans la soupe.

Le présupposé que le vote à l'élection est un acte politique présuppose qu'il est un acte.

Voyons un peu la gueule de l'acte.

C'est dimanche. À l'instar des repas chez tonton Gilles, les élections ont lieu le dimanche. Léo a proposé à son épouse Saloua de voter le matin car il ne veut rien manquer de la finale de Roland-Garros. On peut espérer qu'elle soit terminée à 18 heures, lui laissant le temps de descendre accomplir son devoir avant la fermeture du bureau, mais avec le tennis on n'est jamais sûr. On n'a pas oublié les six heures d'un Djokovic-Nadal aussi historique que le débat Nixon-Kennedy.

Léo a passé un jean noir et un tee-shirt manches longues, aidé Saloua à retrouver ses lunettes de soleil, proposé à nouveau à Mathis leur fils de les accompagner, essuyé un refus définitif, dit qu'ils en avaient pour une demi-heure à peine, et de fait il ne leur en faudra pas plus pour descendre les trois étages, passer par le local poubelle, s'amuser du tube de Céline Dion filtrant de la loge de la concierge, avaler les quatre-cents mètres jusqu'à l'école Simone Veil, se séparer pour voter, se retrouver devant la salle de jeux, s'arrêter discuter avec un parent d'élève croisé devant le portail, évoquer tout sujet sauf le vote qui est confidentiel, prendre date pour la fête de l'école qui tombe le jour du deuxième tour de ces législatives, s'arrêter à la boulangerie acheter une boule de campagne, la nécessité de se ravitailler en pain ayant aussi joué dans le choix de voter avant le déjeuner et tiens qu'est-ce qu'on dirait d'une tarte à la rhubarbe ?

30 minutes. 26 exactement.

C'est-à-dire six fois moins qu'il n'en faut pour aller de République à Nation à pas de manif. Dix fois moins qu'il n'en faut pour tenir un stand sur la maltraitance animale dans un concert de punk rock. Cinquante fois moins qu'il n'en faut pour trouver un hébergement d'urgence à une famille d'Érythréens hagards ramassés au bord d'une voie ferrée près de Vintimille. Cent fois moins qu'il n'en faut pour trouver les articles du Code du travail à même de bétonner la défense d'un salarié suspendu pour faute soi-disant grave. Deux-cents fois moins qu'il n'en faut pour obtenir une négociation avec la direction dans le cadre d'un conflit social au Centre d'appels de Gueugnon.

Dix-mille fois moins qu'il n'en faut pour rendre viable un éco-hameau. L'infini fois moins qu'il n'en faut pour faire interdire la commercialisation des données numériques.

Le vote offre un ratio temps-gratification hors de toute concurrence. En moins d'une heure, j'accomplis mon devoir sacré. Ça coûte pas cher, comme disait Sarkozy de sa position contre le mariage gay destinée à amadouer la branche catholique. Ça mange pas de pain, aurait dit ma grand-mère, qui toute sa vie vota aussi scrupuleusement qu'elle servit le dîner à son mari.

Quant au vote même, sa fugacité n'a d'égale que le mariage à Las Vegas ou l'épilation minute. Il consiste à glisser un bulletin dans une enveloppe puis glisser l'enveloppe dans une urne.

Le bulletin est noirci d'un nom ou d'une liste de noms. C'est par ce ou ces noms que l'électeur se distingue, non par le geste en tant que tel. Qu'il glisse l'enveloppe de la main droite, du pied gauche, ou après un double salto sera indifférent dans le compte final. L'acte ne compte pas en lui-même mais pour ce qu'il signifie. L'acte n'est pas un acte. Dans la situation nodale de la citoyenneté version électorale, le citoyen n'agit pas : il s'exprime. Le soir venu, les allocutions dépitées ou triomphantes des candidats commenceront par : les Français se sont exprimés. Variante : les Français se sont prononcés.

Un bulletin vaut pour une voix. On dit : X a rassemblé tant de voix. La voix est une métonymie du citoyen. Et à force une synonymie. Le citoyen est tout entier dans sa voix. Il est admis que la citoyenneté réside non dans l'agir mais dans l'expression.

On s'est habitué à se contenter de cette version au rabais, à s'en satisfaire béatement, incorporant peu à peu le discours des gardiens du temple, dont l'embrouille centrale est la confusion organisée entre liberté d'expression et démocratie. En nos contrées chacun peut s'exprimer donc nous sommes en démocratie. Chacun peut même exprimer que nous ne sommes pas en démocratie, c'est bien la preuve que nous y sommes. Ici, même l'extrême gauche n'est pas arraisonnée par la police – ou quand elle l'est c'est par erreur, désolé. Désolé pour Tarnac. Ça ne se reproduira plus. Et si ça se reproduit, eh bien c'est dommage. Notre démocratie a des ratés. Des tirs de LBD incontrôlés que l'IGPN sanctionne sévèrement.

On n'a pas dit que ce système était parfait mais qu'il était le moins pire. C'est déjà bien. C'est déjà énorme.

Croyez-vous qu'en Chine et en Iran le pouvoir vous laisserait le critiquer ? Ici nous ne pouvons rien mais nous pouvons dire. Par exemple nous pouvons dire que nous ne pouvons rien.

La liberté d'expression est la marque de la France, à égalité avec les bières en terrasse et Jean-Paul Belmondo. Fort logiquement ceux qui par ici la menacent ne sont pas français ou, s'ils sont français, ne le sont pas vraiment – suivez mon regard.

Chaque Français est Charlie. Qui n'est pas Charlie n'est pas français.

Dans une foule cosmopolite on distingue facilement le Français à ce qu'il est en train de citer Voltaire, notre guide suprême. Suprême mais pas dogmatique. Voltaire n'a qu'un dogme qui est l'anti-dogme. Il n'est pas d'accord avec votre opinion mais se battra toute sa vie pour que vous puissiez l'exprimer.

Le bon Français n'est pas d'accord avec la suppression de l'ISF mais se battra toute sa vie pour que vous puissiez le supprimer. Il est pour la taxe sur les flux financiers mais se bat jour et nuit pour que les lobbyistes des multinationales empêchent qu'elle advienne. Il y met toute son énergie démocratique. Il est de gauche mais avant tout tolérant. La non-urgence sociale dans laquelle il est lui permet d'être plus tolérant que de gauche.

Fétichisée, l'expression est célébrée jusque dans certaines manifestations de rue, où les pancartes revendiquent le droit de manifester. Cependant que les adversaires des manifestants, tout aussi français, sont quelque part en train de se battre pour que les manifestants manifestent.

Si les manifestants ne se bornent pas à l'expression, s'ils commencent à bloquer l'accès à un centre commercial, ou sabotent le chantier d'un *data center* d'Amazon, les gardiens de la démocratie, qui chérissent autant le droit de propriété que l'expression, enverront les gendarmes mobiles. Le démocrate voltairien se battra toute sa vie pour qu'on s'exprime contre Amazon, mais dans les limites du respect pour Amazon.

Une démocratie mature se donne des limites. La limite est la ligne jaune qui sépare les mots et les actes ; que le citoyen sera gentil de ne pas franchir.

À force de propagande s'est oublié que la démocratie n'est pas le pouvoir de s'exprimer sur la situation, mais celui d'agir sur elle.

Si l'attribution du label démocrate à un pays incluait dans ses critères, non plus seulement la liberté d'expression mais aussi la capacité effective de ses habitants à peser sur la distribution des richesses, sur les pratiques de l'élevage industriel, sur l'autorisation de commercialiser un médicament, sur l'achat par des promoteurs de parcelles du littoral, sur la gestion des autoroutes, sur les prix de l'immobilier locatif ; à peser sur leur propre vie, sur le champ arrosé de pesticides à cent mètres du collège de leurs enfants, sur la répartition des matières enseignées dans ledit collège, sur la *restructuration* de la boîte où ils bossent, sur l'offre alimentaire de la grande surface du coin, sur leur facture de gaz, la France ne l'obtiendrait pas. Aucun pays ne l'obtiendrait.

L'électeur prosélyte tient alors à rappeler que le votant donne sa voix à un candidat, lequel s'est présenté bardé d'un programme, lequel programme égrène les mesures concrètes qu'il prendra en cas de victoire avec un score de 50,2 %. Une candidate aussi digne de foi que Valérie Pécresse l'a dit, en hommage stylisé à son modèle Margaret Thatcher : elle sera la dame du faire. L'expression de l'électeur veut être suivie d'actes ; la voix entend bien guider à distance la gestion de l'élu. L'électeur serait fort marri de constater que l'élu n'applique pas le programme pour lequel il a élu.

En général l'électeur est fort marri. On l'a trahi. On lui a menti. On ne l'y reprendra plus. La prochaine fois, il revotera mais sans y croire. Il s'exprimera mais du bout des lèvres.

La voix du bout des lèvres comptera quand même 1.

Une voix qui n'y croit pas ne compte pas moins qu'une voix qui y croit.

Le candidat ne demande pas qu'on le croie, il demande qu'on l'élise. Pour le reste, on peut penser ce qu'on veut. Cela s'appelle la liberté de penser, autre trait caractéristique de la France célébré jusqu'en Patagonie.

L'électeur perdant lui n'est pas marri. Il sait d'emblée que sa voix ne sera pas entendue ; qu'il aura parlé pour rien.

L'élu n'est pas censé tenir compte des voix qui ne l'ont pas élu, à savoir la moitié des voix et en fait beaucoup plus. 75 % des votants de la dernière présidentielle n'ont pas voulu de Macron comme président. Qui cependant a pris le poste et l'a occupé avec un entrain que la détestation de la grande majorité de ses administrés n'a jamais entamé.

Depuis bientôt cinq ans, ces gens sont objectivement des vaches regardant passer des trains dont ils n'aiment ni la couleur ni le son ni la vitesse.

C'est la règle. Les citoyens bien éduqués l'acceptent. Et toujours s'y soumettent, espérant chaque fois que les trains soient repeints à leur goût.

Un jour cela arrivera, il y aura la neige en août. Le candidat de leur choix, celui qui aura promis des trains roses comme ils en rêvent, gagnera. Et puis renoncera au rose au bout de trois semaines – trop coûteux, dette publique, trou de la sécu, BCE, concurrence chinoise, trains jaunes. L'électeur perdant impuissant aura muté en électeur victorieux marri.

Qu'il soit systématiquement défait ou toujours déçu, qu'il soit stérile ou cocu, l'abnégation de l'électeur confine au masochisme sisyphien. Il faut croire qu'il aime la déception et la défaite. Qu'il s'aime dindon de cette farce. Qu'il s'aime peu. Que son ardeur à voter est à proportion du désamour qu'il se porte.

Ou bien ce drôle d'oiseau a un réel espoir chevillé au bec. Il en est sûr, la prochaine sera la bonne. Cette fois le candidat qui l'emportera portera vraiment sa voix. Cette fois Godot sera élu maire.

C'est alors que l'électeur, incarnation la plus aboutie de l'homme raisonnable, coudoie le fou, si fou est celui qui jette une millième assiette par la fenêtre, persuadé que pour le coup, celle-ci s'envolera.

Le gouffre entre les mots de l'électeur et les actes de l'élu tient d'abord au laconisme des premiers.

Le votant *se prononce*, soit, mais se prononce pour quoi ? Le bulletin ne le dit pas. Le bulletin est très cachottier. L'électeur a ses petits secrets. Son avis sur le sort de la cité ne regarde que lui.

On promeut parfois le référendum en prétendant que le message envoyé est plus clair. Mais le message est tout aussi rachitique et opaque. En 2005 les trois lettres du non au TCE pouvaient aussi bien être un appel à protéger notre système social contre l'UE libérale qu'à refouler le migrant subsaharien et polygame. Le soir des résultats, on vit, sous la bannière du non, exulter des nationalistes et des communistes. Cela n'atteste pas une gémellité des extrêmes, dont l'extrême centre se gargariserait. Cette convergence d'imaginaires politiques radicalement antagonistes atteste seulement combien l'expression y compris référendaire est nébuleuse.

Dans l'élection proprement dite, l'expression double de volume. Le bulletin peut contenir

10 lettres, parfois 15, voire 20 dans le cas fréquent où le patronyme qui candidate est à particules. Mais ce patronyme ne dit rien, ni le suffrage qu'on lui apporte. Il y a cinquante nuances d'adhésion à Dumoulin, candidat aux municipales de Brie-en-Gueugnon. Tel adhère à son charisme, telle à sa promesse de reprendre en main la Régie de l'eau, telle à son engagement à doubler la subvention au club de badminton qu'elle dirige, tel à ses origines ch'tis, tel à son épouse prof de maths appliqués, tel à son projet de piétonniser le quartier des halles, tel à sa volonté de rebaptiser le collège Poivre d'Arvor, tel autre à son nom car il aime bien les moulins. Le bulletin peut vouloir dire tout ça et donc ne dit rien. Ce silence laisse à l'élu une marge d'interprétation infinie quant à ce qu'on attend de lui, une marge de surdité aux voix exprimées en sa faveur.

En 2002 des myriades d'ingénus souhaitèrent que pendant son mandat Chirac tînt compte de ceux qui, parmi ses électeurs du second tour, n'avaient désiré que barrer la route à Le Pen. Mais rien ne l'y forçait. Le leader de la droite était constitutionnellement libre d'interpréter à sa guise les bulletins en sa faveur. Rien ne distingue un bulletin Chirac approuvant son programme libéral-autoritaire d'un bulletin Chirac antiraciste. Il était loisible au nouvel élu de décider que 100 % des 80 % obtenus avaient voulu, non pas un meilleur accueil des travailleurs étrangers, mais la hausse de l'âge de départ à la retraite que l'Assemblée nationale aux ordres s'emploierait bientôt à légitimer.

Libre à lui de croire que 82 % des votants lui déclaraient leur flamme. Consacraient son parti l'UMP. Validaient ses nouvelles lunettes. Personne n'aurait pu, sur la base du vote, lui certifier qu'il se méprenait. Voyant son quinquennat faire cap à droite toute, les ingénus furent encore plus ingénus de se sentir floués. Comment le président pouvait-il trahir une attente qui n'avait pas été exprimée ?

À ce titre, tous les bulletins pourraient être déclarés nuls, même les immaculés, même ceux qu'aucun malappris n'a souillés d'un Amy Taylor présidente, comme le fit un ami aux européennes de 2021. Un bulletin ne dit rien. L'élection réduit la citoyenneté à l'expression, et cette expression ne dit rien.

Le gouffre entre mots des électeurs et actes des élus tient surtout à l'élection même. À son principe. À sa constitution, si j'ose dire.

Le gouffre n'est pas un ratage de l'élection. Il est produit par elle, voulu par elle.

L'élection distingue *ipso facto* entre électeurs et élus, et ainsi instaure une division stricte du travail démocratique : l'électeur s'exprime, l'élu gouverne. L'électeur s'exprime en faveur de l'élu qui gouverne en son nom. L'électeur donne mandat, l'élu exerce le mandat. L'électeur choisit un représentant, l'élu le représente.

Cela s'appelle la représentation.

La représentation est une scission au sein de la cité. Il y aura désormais des *citoyens lambda* et des bien-nommés élus que l'élection a distingués.

Le postulat égalitaire de l'élection tient vaguement le temps du vote et ne tient plus du tout pendant la mandature qu'il ouvre. À compter des résultats, il y aura des citoyens agissants et des citoyens les regardant agir. Il y aura des citoyens actifs et des citoyens passifs qui n'auront plus qu'à ruminer l'oxymore qu'ils sont.

En bas à gauche ceux qui parlent, en haut à droite ceux qui agissent. Ceux qui agissent peuvent parler, mais ceux qui parlent ne peuvent pas agir.

Ceux qui parlent sont de surcroît inaudibles. Leur message est lapidaire comme une pierre – oui / non / Dumoulin – ou inexistant. Les urnes ayant parlé, le lambda n'a plus de voix. Puisqu'il a *donné sa voix* à Dumoulin, il l'a perdue, et se retrouve logiquement aphone.

Sa parole ne parviendra aux oreilles des actifs que formatée par les questions des sondeurs ou par les protocoles rigides d'une *consultation de citoyens*. L'élu n'aura aucune obligation à y prêter l'oreille pour décider de telle orientation économique, diplomatique, culturelle, etc.

Aucun mot d'aucun électeur même pro-Macron n'a demandé la privatisation des aéroports de Paris, ou les ventes de Rafale à l'Arabie saoudite – sans parler de la gestion de la pandémie que l'élection ne pouvait prévoir puisqu'elle ne prévoit rien, puisqu'elle n'augure en rien de la gouvernance à venir, puisque rien de ce qu'on y déclare n'engage.

Aucun mot d'aucun électeur de François Hollande n'avait demandé les lois travail, l'état d'urgence, l'intervention au Mali, le CICE.

Aucun mot d'aucun électeur de De Gaulle n'avait demandé les essais nucléaires dans le sud algérien.

La plupart du temps, nous n'avons rien demandé.

Les actes des mandataires s'ajustent aux mots des mandants si et seulement si le mandat est impératif. Tu as été désigné pour supprimer l'héritage, tu supprimes l'héritage ou tu dégages. Tu es révocable à toute heure. Tu es le serviteur des lambdas, et non pas ce déviant qui prétend les guider. Tu n'as pas de vision et c'est tant mieux. Tu n'es pas *taillé pour le costume* et c'est pour ça qu'on te demande de l'enfiler. Tu n'as jamais voulu le pouvoir et c'est pour ça qu'on te l'a donné. Qu'on te l'a prêté.

Fusionnant les mots et les actes, le mandat impératif est contradictoire avec le principe de l'élection, qui les dissocie. Qui est conçue pour les dissocier. C'est pourquoi il ne s'est presque jamais vu que des élus fussent impérativement mandés.

Le dispositif électoral refuse le mandat impératif comme l'organisme d'un malade refuse un traitement. On ne peut que l'imposer d'autorité, sachant que ce coup de force entraînera la mort de l'organisme, la mort du dispositif. Cela s'envisage.

Dans le dispositif électoral, les actes ne peuvent s'ajuster aux mots que si, refusant la passivité à laquelle les convie l'élection une fois son verdict rendu, les lambdas se relaient pour assurer une veille intransigeante sur les instances gouvernantes. S'ils contrôlent en permanence les agissements des édiles, députés, conseillers municipaux et régionaux censés les représenter, et qui de fait les représentent : ils sont présents à leur place, ils les remplacent – la représentation est une subtilisation.

Entre 1789 et 1794, le petit peuple de Paris tient ce rôle. Ce qui définit une séquence révolutionnaire, une séquence véritablement politique, est peut-être qu'elle autorise, suscite, entretient pareille vigilance.

Le reste du temps, la plupart du temps, à peu près tout le temps, cette vigilance n'a pas lieu. Dans nos autoproclamées démocraties, la démocratie n'a lieu que par exception, que par distorsion, que par vice de procédure. Leur cours ordinaire voit le représentant exercer le pouvoir hors du contrôle des représentés. Et même hors de leur vue. Il n'a rien à craindre, personne ne le regarde, ni ma mère ni mon voisin ni toi ni moi qui présentement prône la vigilance.

La démocratie n'advient pas par l'élection mais entre les élections. Nos démocraties usurpent leur nom en proposant le scénario inverse : des élections et rien entre.

L'électeur est semblable à l'habitant qui *donne son pouvoir* à un autre pour une réunion de copropriété. En le donnant, il s'en dépouille. Les propriétaires sont fort embêtés : ils vont être obligés de délibérer sans lui. Mais bon puisque c'est comme ça allons-y, la séance est ouverte.

Voter c'est abdiquer, disait Élisée Reclus il y a 130 ans en dissonance du concert d'autosatisfaction républicaine. Mais Élisée Reclus n'est pas crédible : il est anarchiste. Son biais idéologique l'égare. Hier soir sur France 5, l'éditorialiste qui appelait à voter en avril le faisait en toute objectivité car, n'étant pas anarchiste, il n'a pas de biais.

Là où la démocratie est cantonnée à l'élection et annulée par elle, le peuple est ce corps politique que seule l'élection forme, pour aussitôt le dissoudre.

Le citoyen de la démocratie électorale est un Dracula renversé : un jour par an il advient en matinée et s'autodétruit à la tombée du jour. Passé 20 heures, il se retire dans ses lieux privatifs, ayant fait sa part, ayant tenu son rôle mineur au sein de la division du travail, comme le jardinier d'un stade se volatilise avant le match. Le match se jouera sans lui, et sans qu'il soit informé de ses aléas. Lui a assuré l'entretien du gazon, et maintenant les joueurs vont à l'envi le piétiner, retourner, martyriser de leurs crampons, et pour tout dire s'essuyer dessus.

Du reste, le jardinier admet volontiers que le match n'est pas sa partie. Sa partie, c'est le gazon. Chacun son domaine, chacun ses compétences, chacun son domaine de compétences. Lui n'emploierait pas un rugbyman comme jardinier. Patron d'une TPE de paysagiste pour particuliers comme il l'ambitionne, il ne confierait pas ses comptes à un chorégraphe. Il ne se les confierait pas à lui-même. Il les confierait à un comptable. Par analogie, il juge que la gestion de la cité demande des compétences qu'il n'a pas. L'élection est pour lui l'occasion de se déclarer incompétent. Élisant, il confie la cité à des professionnels de la cité. Ils ne font que ça, ont été formés pour ça, sont rémunérés pour ça par une boîte privée nommée l'État, où le ministre des Finances s'assiste d'inspecteurs des finances techniquement supérieurs qu'on appelle des technos. Le jardinier ne s'autorisera pas à déjuger leurs orientations fiscales, comme il apprécierait moyennement qu'un plombier se mêle de lui conseiller un désherbant.

L'électeur ne s'est pas mêlé non plus de régler le dispositif électoral. Des constituants l'ont fait pour lui, dont il n'est pas. Le *peuple constituant* se compose d'une poignée d'individus bien notés dans les épreuves de droit constitutionnel à la fac. Ayant fait fac de lettres, je n'en suis pas. Beaucoup n'en sont pas. En 1958, une grande majorité de citoyens ne sont pas Michel Debré.

En 1958 le peuple constituant se compose de Michel Debré.

Le dispositif électoral est servi tout prêt au peuple dont il proclame la souveraineté.

L'électeur n'a pas écrit les règles du jeu d'une élection. Il ne choisit pas non plus les joueurs, il choisit parmi les joueurs s'offrant sur l'étal. Carotte ou concombre, il hésite.

À toutes les étapes de l'élection il n'a qu'à cocher des cases formées par d'autres que lui.

L'électeur est un musicien réduit à écouter de la musique sans en jouer. Un écrivain autorisé à lire mais empêché d'écrire. Un ouvrier calé sur le rythme de la machine-outil réglée par quelque ingénieur lointain.

Après l'élection, le citoyen intermittent est remisé au garage, comme des chaises de terrasse entre deux étés. On le ressortira aux prochaines régionales. D'ici là, qu'il ne s'inquiète et ne s'enquière de rien. On s'occupe de tout.

Dans un coin de campagne isolée, à une époque indéterminée, A et B sont voisins. Certains jours, A brûle des déchets dans son jardin. Lorsque le vent est d'ouest, la fumée toxique traverse la cour de B où joue son fils, où jappe son pitbull.

Au bout d'un temps, B d'ordinaire peu communicatif se résout à aller voir A pour lui détailler les nuisances subies. Après discussion, ils décident que A ne fera plus rien brûler les jours de vent d'ouest.

Or voici qu'à gauche de chez A s'installe C, sorti d'on ne sait où pour les besoins de la parabole.

Régulièrement aveuglé par les fumées poussées par le vent d'est, il se sent fondé à s'en plaindre auprès de A qui les cause. Mais cette fois A accueille sèchement la complainte. S'il ne peut plus faire de feu ni par vent d'est ni par vent d'ouest, quand le fera-t-il ? Les jours de non-vent ? Dans cette vallée ils sont rares. A ne va pas attendre bras croisés que la région change d'humeur climatique. Affermissant le ton pour s'encourager à rester ferme sur sa position, A décrète que c'est à C, dernier arrivé, de s'adapter.

Et pourquoi donc serait-ce au dernier de s'adapter, et non au premier ? s'interroge C. Parce que ! argumente A.

Qui l'a décidé ? s'indigne C.

Moi ! tranche A.

Et je dois subir ce que je n'ai pas décidé ? objecte C.

On dirait bien, expédie A.

S'ensuit entre eux une guerre larvée, faite de médisances mutuelles, d'insultes à travers la haie vicinale, de serrures de boîte aux lettres faussées, de gamelles de chien empoisonnées, de pattes arrière de moutons liées au filin. Et nul n'ignore qui a enduit de colle à bois le siège du tracteur de A, qui a déraciné les salades de C. Un soir que C éméché a sorti son fusil pour intimider son voisin obtus, une balle partie toute seule vient percer la cuve à fuel de B.

Ce conflit sans fin commençait à gonfler B. Cette fois il l'inquiète carrément. La prochaine balle perdue sera pour son fils, il le parie. Au mieux pour son chien, nommé Brad comme Pitt.

B réunit les deux ennemis chez lui autour d'un calva. Il a réfléchi, puisque les deux têtes de con que Dieu lui a flanqués refusent de le faire eux-mêmes. Il vient d'hériter d'un bout de parcelle incultivable à six-cents mètres de là. Il propose que tous les trois y entassent leurs déchets. Il veut bien s'occuper du transport, il a la remorque pour. En échange de quoi les deux autres l'aideront à refaire sa toiture de grange percée par la foudre l'hiver dernier.

Pour les brûler, C propose le dernier samedi du mois car c'est le jour où il descend à Saint-Michel vendre ses fromages. Comme ça il ne sera dérangé ni de près ni de loin.

Affaire conclue. Verres resservis.

A, B et C se quittent bourrés et contents.

Ils ont, sans le savoir ou en le sachant, fait de la politique.

La politique survient quand l'interdépendance entre les individus tourne à l'incompatibilité, que cette incompatibilité tourne à l'affrontement, que l'affrontement débouche sur une reconfiguration du corps social dont un nouveau dissensus ébranlera l'ordonnancement et ainsi de suite. Elle survient par conjonction d'une situation engageant plusieurs sujets sociaux, d'un problème né de cette situation, et des négociations plus ou moins tendues pour le régler, créant une nouvelle situation qui à terme créera un autre problème qui appelle négociation et ainsi de suite.

Éprouvons le vote à cette esquisse de définition à trois pieds – parole, pluralité, situation. Éprouvons combien le vote y est mot pour mot dérogatoire.

1. À l'égal du cinéma primitif, le vote est muet. Le vote n'est qu'expression et il ne rend aucun son. La politique verbalise une discorde, le vote suspend le verbe. Le sujet politique argumente sa position auprès de ceux qu'elle affecte, le votant n'a à se justifier de rien. Il peut le faire mais le dispositif ne l'exige pas, voire recommande de ne pas. Toujours loyal au jeu qu'il n'a pas inventé, l'électeur s'emploie à garder le secret. Occupe-toi de tes fesses, rabroue-t-il une cousine qui lui demande son choix au premier tour. Est-ce que moi je me mêle de ta vie privée ?

2. Le vote est un acte solitaire. Le votant est cordialement convié à s'isoler dans un espace

dûment nommé. La politique naît de la coexistence, le vote a pour préalable l'isolement.

À la convergence des points 1 et 2 apparaît que l'élection, par quoi on est supposé statuer sur le destin collectif, est une affaire entre soi et soi. L'électeur vote selon son intime conviction, avec pour boussole son for intérieur. Ce qui se passe en lui ne sortira pas de lui.

L'électeur fait sa petite cuisine, dosée de calculs décryptables par lui seul. N'aimant ni les pesticides ni les imams, il votera Jadot au premier tour et Marine au second. Étant du mois de juillet, il soutiendra la liste Chasse pêche république. Ça a l'air obscur comme ça mais il se comprend, c'est l'essentiel.

Le vote qui ne regarde que la conscience tourne parfois au cas de conscience, surtout chez l'électeur de gauche que la morale taraude depuis la crèche. Voter à droite pour contrer l'extrême droite ? Ô cruel dilemme. Ô funeste alternative. Ô vieillesse ennemie.

Le jour de l'élection est jour de conscience, comme il y a des jours de colère, ou des journées de deuil. S'y orchestre un rituel de purgation qui récure les boyaux entartrés de mauvaise conscience. De ce nettoyage de printemps, la conscience de l'électeur ressort rafraîchie. Les fascistes peuvent monter, il a fait ce qu'il avait à faire pour que *No pasaran*. Ils passeront partout mais pas aux municipales. Ils infuseront la société, ses plateaux, ses discours, ses lois, mais au moins l'élection et les apparences sont préservées.

Bénéfice secondaire : ayant voté en conscience, l'électeur est plus que jamais fondé à tancer ces inconscients d'abstentionnistes, et nous voilà repartis. Nous voilà à nouveau taxés d'irresponsabilité, d'immaturité, d'alliance objective avec Hitler. Tous les cinq ans le morceau est rejoué, comme à chaque Noël le tube circonstancié de Mariah Carey.

Nous laissons dire.

3. Le rituel du vote s'exécute hors de toute situation. Il a pour site un lieu réel mais déréalisé pour l'occasion : une cantine qui ce dimanche-là ne servira nul écolier ; une salle omnisports où ce dimanche-là nul basketteur ne suera.

Le jeu n'impose pas à l'électeur de lier son vote à un élément de la réalité. Il peut glisser son bulletin en pensant à sa compagne enceinte ou à son rêve de la veille où Aznavour ressuscitait. Et si ce buraliste a en tête les deux braquages subis cette année au moment de voter pour un candidat promettant des peines plancher, personne n'en saura rien au moment du dépouillement.

Ce qui se passe dans l'isoloir reste dans l'isoloir, ce non-lieu.

Le vote d'élection doit être radicalement distingué du vote en situation. Des membres d'une association votant le refus d'une subvention municipale votent en situation – la situation de leur association d'accueil de femmes battues, confrontée à un nouveau maire mis en examen pour faits de harcèlement. Des grévistes décidant l'occupation de l'usine votent en situation. Ils le font après s'être rassemblés et non pas isolés ; ils le font à main levée, et au terme d'une discussion menée sur le lieu réel dont les modes de gestion sont précisément l'objet de la grève.

À l'inverse du vote d'élection, le vote en situation est suivi d'effets immédiats pour les votants : trou dans le budget à combler pour les associatifs, organisation de la première nuit d'occupation pour les grévistes – cantine à mettre en place, coup de fil à passer à sa fille aînée pour qu'elle fasse les courses, saut chez Luc pour lui emprunter un sac de couchage et un jeu de tarot.

Les votants en situation décident d'actes qu'ils ne délégueront à personne. Ils sont à la fois votants et exécutants. Ils se donnent le pouvoir plutôt que de s'en démettre. S'il faut absolument un porte-parole auprès des repreneurs hollandais de la boîte, on écrira collectivement sa partition qu'il récitera mot pour mot.

Le sujet politique advient en rompant la distance instituée par la représentation. Il se présente. Il se pose là. Il chante on est là.

L'électeur advient en s'abstrayant, le sujet politique advient en se matérialisant. L'un s'isole, l'autre se joint.

Il arrive quand même que l'électeur accole à son vote des paroles qui l'argumentent. Il le fait en amont de l'élection, et en aval. Longtemps en amont, longtemps en aval. Deux ans avant il en parle déjà, dix ans après il en parle encore. Dix ans après il ne se remet pas d'avoir voté Hollande, ce traître. Deux ans avant, il se voit bien voter Xavier Bertrand.

Spéculatifs ou radoteurs, les mots électoraux ne sont présents à rien. Les mots d'AG de salariés en lutte sont enchâssés dans le réel de leur travail, ceux de l'électeur enchâssés dans le vide. Qu'elle prenne place dans un restaurant thaï, à la table dominicale de tonton Gilles, dans le vestiaire du tennis-club de Gueugnon, dans la chambre d'Ehpad d'une grand-mère Alzheimer déterminée à voter Pompidou, la dispute électorale ne porte ni sur la pizza végétarienne, ni sur la nouvelle Nespresso de tonton Gilles, ni sur le prix de l'Ehpad. Ils portent sur on ne sait pas bien quoi. Ils n'ont pas de dehors.

Ils peuvent donc s'autoriser des slogans, des formules. La formule naît d'un renversement du rapport de force entre les mots et les choses. Les mots de la formule en imposent aux choses. Et même s'y substituent. Et alors plus rien ne les arrête.

Les mots électoraux osent tout. Ils osent : faire France. Ils osent : faire société, faire ville, faire famille. Ils osent : liberté. Et vision d'avenir. Et valeurs communes. Et notre histoire. Et nos racines. Et les territoires. Et cette énumération n'a que trop duré.

Les mots électoraux n'ont honte de rien, c'est à ça qu'on les reconnaît. Le candidat qui les prononce a bu toute sa honte avant de se lancer en campagne. De passage dans une ferme, il caresse un veau. En visite dans un collège, il fait une dictée. Où qu'il débarque il serre des mains. Et si personne ne l'accueillait et que sa main restait tendue dans le vide, il trouverait encore le moyen de ne pas se sentir con.

Une campagne électorale est un fait intégralement verbal. Des candidats parlent que commentent des commentateurs que commentent des électeurs – ou d'ailleurs des abstentionnistes, ce qui ne change rien à la nature des commentaires.

Distordant légèrement l'injonction du Christ, nous nous commentons les uns les autres. C'est notre manière de faire France, ville, société, famille.

Le candidat n'est pas médecin ni avocat ni banquier, ni haut fonctionnaire. S'il l'est, en campagne il ne l'est plus. Même médecin le candidat n'est pas médecin, il est candidat. Candidat professionnel pour devenir élu professionnel, quoique parfois l'élection semble le moyen et la candidature le but.

Il arrive que le candidat ouvre les portes de sa maison à *Paris Match* mais c'est un leurre car il n'habite nulle part. Il habite la campagne électorale, c'est-à-dire une somme de lieux aussi artificiels que des palais des sports, des salles des fêtes, des studios de radio, une halle des expositions où les stands du Salon du made in France seront bientôt démontés, des appartements anonymes depuis lesquels organiser un live Facebook, des hôpitaux visités pour justifier le point presse à la sortie, flanqué de soignants certifiés réels par leurs blouses.

Sur cette image composée par la responsable médias du candidat, la blouse est un effet de réel. Dans une campagne, le réel est un effet : un Noir fait diversité, un casque fait chantier, une dégustation de rillettes fait ancrage, un béret fait basque. Postée à droite du candidat dans le cadre, l'infirmière en cancérologie aura eu ce bref destin audiovisuel de faire infirmière.

Le soir venu elle se verra à la télé.

Cherchez le candidat, vous ne le trouverez nulle part que dans la télé ou ses ramifications Youtube.

C'est à la télé que l'électeur suit la campagne, ses polémiques autoréalisatrices, ses boniments en boucle, ses gloses circulaires. L'électeur est par essence un spectateur – il regarde l'élu faire –, et concrètement un téléspectateur.

Il ne cesse de l'être que le temps d'un saut dans le bourg pour aller voter. Il le redeviendra à 20 heures pour prendre connaissance des résultats. La soirée électorale est le nom d'un programme télé.

La mémoire collective de l'élection de 81 se compresse en une image, celle de l'écran de télé où le visage informatisé de Mitterrand se dessine trait par trait. La prise de l'écran acte la prise de l'Élysée. C'est une formule mais je la conserve car du réel y perce.

La *rencontre d'un homme et d'un peuple* est la rencontre d'un écran et d'un téléspectateur.

Elle se passe dans un salon, parfois dans une chambre. L'écran est en verre, le téléspectateur en caleçon.

Pointant la délégation de la chose publique à une poignée de gouvernants opérant à l'insu des concernés, Castoriadis parlait de privatisation de l'agora. Le concept vaudrait aussi pour l'agora telle que configurée par une élection, place publique dont les membres sont scotchés à domicile et ne partagent aucune situation.

Domestication de l'agora ?

Chacun chez soi communique avec tous.

Chacun chez soi discute avec tous de tout.

Appelons ça l'hypersociabilité solitaire. La sociabilité asociale.

La sociabilité asociale me met en contact avec le monde entier, ses fléaux, ses vilenies, tout en me laissant désarmé devant ces fléaux, ces vilenies. Elle me fournit en flux tendu des sources d'indignation tout en me privant des situations où cette indignation soit convertible en énergie politique.

Totalement déconnecté, j'ignorerais tout du monde, je flotterais dans une béate inconséquence. Vraiment socialisé, je prolongerais mon huis clos crispé avec le monde de rencontres effectives, d'actions dégourdissantes. Socialisé isolément, déconnecté mais hyperconnecté, je dois encaisser à la fois le monde et mon impuissance.

J'encaisse en grognant. En rageant.

Dès lors cette colère se garde pour soi, ou se soulage en regardant des vidéos qui l'attisent, ou s'épanche sur des forums de plateforme où ferrailler des nuits entières contre des adversaires sans chair.

Ce matin dans le métro, un type raconte à un autre qu'il a passé la nuit à débattre de la primaire populaire sur un forum. Ensuite il n'a pas pu dormir, ils l'avaient trop énervé.

La sociabilité asociale est un ferment inégalable de ressentiment.

Elle est politiquement calamiteuse.

S'il fallait retenir un seul aspect du jeune homme d'extrême droite que j'ai portraituré dans un précédent livre, je retiendrais son isolement.

Sa vie quotidienne est peut-être peuplée, il était d'ailleurs très accompagné le soir de notre rencontre à Lyon. Mais le dénommé M s'est forgé un système d'opinions seul.

Par seul j'entends : hors de toute situation.

Je ne néglige en rien la détermination sociale desdites opinions, dont le déterminant principal est son ancrage dans la petite-bourgeoisie commerçante. C'est lui qui la néglige. Lui dont le verbe pourtant prolixe ne se réfère jamais à la réalité sociale, ni à quelque autre réalité.

Qu'on ne demande surtout pas à M d'où il parle. Il parle de nulle part. Et jamais depuis sa position sur le marché du travail, malgré mes invitations répétées à la préciser. Ce n'est pas le sujet, balayait-il.

Le sujet n'est jamais une situation qu'il vivrait, qu'elle concerne sa famille, son voisinage, son couple, un couple ami, le quartier, une soirée poker, une base de loisirs qu'il fréquente, ou donc son emploi s'il en a un. Sa situation, c'est à son seul verbe qu'il revient de la façonner. Jeune Français d'origine arabe, M décide en quelques syllabes de se situer comme Gaulois résistant, comme catholique en butte au mondialisme protestant, comme un *somewhere* enraciné en lutte contre les *nowhere* nomadisés. Et peu importe qu'il soit surtout enraciné dans sa chambre, rivé à un ordinateur californien.

La pensée de M ne se nourrit pas de matière existentielle, mais de vidéos de Soral, de youtubeurs pseudo-nietzschéens bodybuildés, de conférences de salon contre le wokisme. Mais aussi d'extraits choisis d'émissions *mainstream* dégoulinantes de bien-pensance honnie.

Je gage qu'en avril M ne donnera sa voix à personne puisque tous sont des *candidats du système*, mais je gage aussi qu'il suit la campagne, qu'il se repasse ses moments saillants, ses duels Caron-Zemmour chez Hanouna, ses lapsus rigolos, ses banderilles de meetings, ses mensonges impénitents, ses polémiques autoréalisatrices. M n'a pas attendu le show électoral pour cultiver, seul devant l'écran, la délectation de détester.

Ce genre de délectation, que pour ma part je m'offre une fois l'an en regardant les César, est à deux branches : délectation de se sentir intelligent en contemplant la bêtise ; délectation de voir confirmé, vingt-quatre images par seconde, le diagnostic désespéré qu'on a posé sur l'humanité.

Mais M n'aime pas l'élection que par la négative. Il l'aime positivement, en tant qu'elle consacre la prééminence des mots.

Le réel n'est jamais son sujet parce que son sujet, c'est les mots. Des mots déjà formés qu'il fait siens (« patriotisme ») ou rejette (« multiculturalisme »). Des mots renvoyant non à des faits mais à des théories, des courants, des tendances – néoféminisme, *sans-frontiérisme*, mondialisme, progressisme. À des idées. Ce sociable asocial découpe ses idées dans un tissu d'idées, ce qui finit par dessiner en lui un monde où les idées sont les forces agissantes. C'est ce que j'appelle son idéalisme.

Le spectacle électoral est idéaliste dans ce sens. Hors de tout sol s'y brassent des idées. Hors de tout scrupule réaliste y batifolent des mots qui n'engagent qu'eux.

M y trouve son compte. Les gens semblablement affiliés y trouvent leur compte.

Ce soir chez Taddeï, un éditeur d'extrême droite féru de Céline et de Bloy salivait d'avance des quatre prochains mois. On va s'amuser, disait-il. Ce moment va être sanglant, s'emballait-il. Et de conclure *:* moi qui aime les clashs, les punchlines et les envolées lyriques, je vais être servi.

Le Rassemblement national est une production électorale chimiquement pure. Il ne vit que par et pour des élections.

Tous les partis sont des machines électorales, spécialement conçues pour les *échéances* et pour y glaner de quoi bouffer. L'élection façonne le parti, le parti soutient l'élection, entre eux c'est la symbiose. Mais certains partis font parfois plus que briguer des sièges ou s'asseoir dessus : ils accompagnent des mouvements sociaux, se joignent à des manifestations, etc. Nonobstant une ou deux manifs de flics par an, le RN, lui, ne fait que briguer. Parti vide de militants et rempli de candidats.

Le RN est un parti d'élection comme Pantani était un coureur de montagne. Depuis 40 ans il montre une admirable constance dans la performance électorale. Singulièrement à la présidentielle, reine des élections, Alpe d'Huez de la démocratie.

À ces succès, il y a des raisons proprement sociales, à commencer par l'atomisation de la classe laborieuse qui l'empêche de se percevoir comme une classe. Mais aussi des raisons intrinsèques à l'élection *a fortiori* présidentielle. Aussi sûr qu'un parcours du Tour très montagneux était favorable à Pantani, les fondamentaux de l'élection sont des offrandes au RN : la personnification de la compétition est évidemment profitable à un parti caporaliste ; le *secret des urnes* permet de glisser dans l'enveloppe un petit pet raciste qu'interdit la publicité d'une AG de fac ou d'une assemblée de Gilets jaunes ; et surtout la sociabilité asociale de l'électeur, seul devant son écran ou dans l'isoloir, forme un terreau archi-favorable à l'idéalisme, et au fleurissement de la plus creuse des idées creuses, l'identité.

L'élection surtout nationale est une cérémonie d'autocélébration de la nation.

Il n'y en a que pour elle.

Dans cette fête de village où il ne sera pas question des tensions en mer de Chine, ni d'ailleurs des guerres qui impliquent directement notre armée, ni de la course sauvage aux métaux rares, ni de rien qui se passe au-delà d'un rayon de 1000 kilomètres, c'est la France qu'à l'exclusion de toute autre amante les slogans chérissent, chouchoutent, flattent, glorifient. On est quelque part entre la superstition du soldat grec invoquant les dieux avant le combat, la transe télévangélique, et le syndrome de la Tourette. Avec ce singulier mélange de gloriole et d'autoflagellation qui caractérise les incantations patriotiques, où la patrie est à la fois décrétée grande et déclinante, à la fois insubmersible et malade. Où il s'agit de mettre la France plus bas que terre pour toujours mieux rejouer la partition de son redressement.

C'est de la France et d'elle seule que les musiciens de l'orchestre électoral annoncent le retour, la renaissance, la reconquête. C'est à la France qu'ils promettent la force, l'union, l'indépendance. De gauche à droite ils clament qu'il faut unir la France, réunir la France, aimer la France, défendre la France, restaurer la grandeur de la France, sauver la France. Et les meetings s'achèvent sur un hymne qui écorche peu les oreilles d'un nationaliste.

Dans cette ambiance il est chez lui.

On est chez nous, chante-t-il. Il parle de la France mais aussi de son autre fiancée l'élection. Deux terres où il fait bon se trouver.

Si bien qu'il y a une petite contradiction à participer à l'élection pour barrer un parti que l'élection sinon fabrique du moins nourrit.

Une petite contradiction à prétendre le battre en jouant un jeu à son avantage.

Supprimez l'élection, il n'y a plus de RN.

Concevez une démocratie faite exclusivement de votes en situation, il n'y a plus de RN. Il n'y a plus de partis et encore moins de RN.

Non que la montée de l'extrême droite m'obsède. Je soumets juste cette réflexion à ceux qu'elle obsède, et qu'obsède la perspective, pourtant techniquement fatale, de son accès à l'Élysée à terme, qu'elle s'incarne dans la fille ou petite-fille de Le Pen ou dans un polémiste de plateau reconverti en candidat de plateau – dans le studio, il n'a eu qu'à changer de siège. Je les invite à envisager deux secondes que participer aux élections pour faire barrage équivaut à se sécher au jet d'eau.

Le parti électoral ne peut pas laisser dire ça.

La thèse axiomatique et unique du parti électoral est que l'élection fait la démocratie. Or l'extrême droite n'aime pas la démocratie. Le parti électoral ne peut donc pas laisser dire que l'élection profite à l'extrême droite.

Vent debout, le parti électoral rappelle que l'extrême droite s'empresse de supprimer les élections lorsqu'elle arrive au pouvoir.

Le parti électoral a la cécité de la ferveur. Il omet qu'il arrive souvent, qu'il arrivera souvent dans la décennie à venir prépare-toi, que l'extrême droite ou un décalque soit porté au pouvoir par une élection.

Il omet aussi que l'extrême droite fantasme le plébiscite, version achevée de l'élection présidentielle telle que le maurrassien De Gaulle l'a voulue.

Pour devenir président, un candidat doit endosser, sinon l'habit militaire, du moins la panoplie autoritaire. Macron s'était érigé en Jupiter. Zemmour pose en résistant version BBC. Jadot soutient une manif de policiers antiparlementaire. Une rumeur peut-être fausse annonce Roussel en tricorne.

Que la sécurité soit le sujet central de la campagne, que tous ses *acteurs* invoquent l'autorité dix fois par jour, est un fait de structure. C'est l'enjeu intrinsèque du dispositif représentatif : puisque 1 doit représenter 100 000, doit représenter 60 millions, il faut que ce 1 soit sacrément armé, sacrément burné.

L'élection n'a qu'un enjeu : qui c'est qu'a la plus grosse. Qui c'est qu'aura les couilles de dire aux Américains que ça suffit maintenant, aux Chinois que ça va deux minutes, à Bruxelles que non non non. Quel homme digne de ce nom franchira le Rhin à dos de cheval et sabre au clair pour aller renégocier les traités.

Ou quelle femme, hein.

Quelle femme capable d'être un homme.

L'élection est un concours d'autorité comme il y en a de beauté. L'autoritaire y est à son aise comme mouche sur cadavre. C'est pour lui, c'est cadeau.

Cela non plus le parti électoral, qui est bien sûr idéologiquement neutre, qui a pour seul étendard la démocratie et se battra toute sa vie pour qu'on puisse le dire, ne peut pas le laisser dire.

Tous les thèmes de campagne ne sont pas sécuritaires ou identitaires, se récrie-t-il. Et les idées échangées pendant une campagne ne sont pas toutes des fétiches sans référent comme la

France, l'identité, l'autorité. Certaines renvoient à des réalités, à des existences tangibles. Un candidat visite un hôpital pour l'image mais aussi pour rencontrer le personnel, s'informer de ses difficultés concrètes, et par la suite prôner une revalorisation des salaires ou d'autres solutions *pratico-pratiques*. Bref, l'élection est l'occasion d'un vrai débat sur les vrais sujets qui correspondent aux vraies préoccupations des gens. Oui la campagne parle de la France mais elle parle aussi *des Français*.

Un petit test en temps réel donnera un aperçu des vrais sujets correspondant aux vraies préoccupations. Il est 9 h 23 ce 8 décembre 2021, j'allume la télé.

Sur BFM, un sondeur évoque le sondage où Pécresse est devant au second tour. Première fois que le président en exercice est donné perdant. Le sondeur explique ce *petit séisme* par un *effet primaire*, puisque la candidate LR vient d'être investie par son parti.

Sur Cnews, Christian Estrosi *assume* son ralliement à La République en marche. Il regrette la division de sa famille politique d'origine. Il appelle à *l'unité et au rassemblement* pour affronter les *grands défis* qui attendent la France. La journaliste de service ne demande pas quels grands défis mais lui fait redire qu'il n'a pas troqué son ralliement contre la promesse d'un portefeuille ministériel. Il le redit.

Sur France Info, un éditorialiste, considérant les faibles scores de la gauche, anticipe sur un *vote utile* des électeurs de ce camp en faveur de Macron dès le premier tour. L'éditorialiste d'en face n'y croit pas. L'éditorialiste d'à côté y croit à moitié.

LCI rediffuse la vidéo virale de Montebourg téléphonant aux candidats de son camp pour leur proposer l'union.

Sur TVpompier, un metteur en scène lit une supplique rimée à Christiane Taubira, notre bienfaitrice, notre salut.

Sur LCP, un *politologue* analyse les attaques de Zemmour contre Macron, et estime que ces banderilles marquent un durcissement de la campagne. Fort de son expertise universitaire, il nous enseigne qu'une séquence électorale est un moment brutal. Mais le *chercheur en sciences politiques* face à lui estime que Zemmour devrait s'adoucir pour rassurer les sceptiques de droite.

Sur France 2, on conjecture sur la déclaration du *chef de l'État* de passage à Vichy dans la journée. Fera-t-il allusion aux positions de Zemmour sur Pétain ? Hier déjà lors d'une promenade informelle à Châteaumeillant, le président a glissé à un habitant qu'on devait se garder de manipuler l'histoire. On voit que ce sont deux lectures de *notre histoire* qui s'opposent. Quoi qu'il en soit, le président est déjà en campagne.

La campagne parle de la campagne. L'élection est l'occasion d'un vrai débat sur le vrai sujet de l'élection. Non pas certes son principe – indiscutable, irréprochable. Mais son déroulement, ses aléas, sa narration, son dénouement chiffré.

C'est ainsi que l'investissent les partis en lice, dont le score permettra le remboursement des frais (de campagne), ou se monnaiera en postes assurant des subsides aux cadres de ces petites agences bureaucratiques.

C'est ainsi que l'investissent les électeurs, qui la suivent comme on suit une série, une saison de NBA, un guide, un troupeau.

L'élection n'est le moyen de rien, elle est sa propre fin, comme le bowling ou, comparaison courante et néanmoins juste, une course de petits chevaux.

Écoute ton corps : sa vibration pour l'élection est avant tout de nature ludique.

Qu'un jeu soit inconséquent n'empêche pas qu'on vibre d'y jouer. Qu'on vibre pour l'élection n'induit pas qu'elle soit conséquente.

L'élection, la chose la plus sérieuse du monde, est un divertissement. Un divertissement sérieux, comme la chasse, comme le sexe.

Pariant sur un candidat dans quelques semaines, tu retrouveras l'adrénaline interactive des paris sportifs en ligne. Cette fois, il n'y aura pas de gains sonnants et trébuchants mais un gain d'intensité. À l'approche des résultats, je serai moins excité que toi, n'ayant pas participé. Un jour peut-être, je me remettrai au vote pour tripler mon plaisir.

La suprématie de la présidentielle dans l'offre électorale ne tient pas à ce qu'elle *décide de notre destin*, comme le parti électoral le ressasse pour s'en convaincre, sentant bien qu'il vend du vent. Elle tient à l'accessibilité du spectacle : règles limpides, dramaturgie lisible et donc efficace – ils sont quinze il n'en restera qu'un –, casting clair et personnifié – ils sont quinze il n'en restera qu'un –, loin du casse-tête des proportionnalités aux européennes ou aux municipales. La présidentielle, un enfant pourrait la suivre. Certains enfants la suivent. Leurs parents attendris disent qu'ils s'intéressent surtout au côté jeu, et c'est un autoportrait.

Les médias adorent la présidentielle pour ses performances médiatiques.

Un média est un tuyau qui pour se vendre a besoin de contenu. Le constat que la présidentielle est un contenu prisé ouvre un partenariat commercial entre la boutique médiatique et la boutique électorale. Elles se fortifieront l'une l'autre, comme une multinationale de l'agroalimentaire et une enseigne de grande distribution. Tu me donnes une audience, je te rétribue en audimat. Qu'une chaîne roule pour un candidat ou un autre est secondaire : elle roule d'abord pour l'élection qui la booste.

Pour maximiser les profits, les vendeurs du produit électoral agrandissent la zone d'exposition de la marchandise. Jadis la campagne commençait en février, aujourd'hui c'est au bas mot en septembre. Elle commence à vrai dire dès le verdict de la précédente, mais disons septembre, lorsque les premiers chevaux *se lancent dans la course*. On a gagné six mois de recettes publicitaires.

La campagne dure autant qu'une saison de Ligue 1, à ceci près que la Ligue 1 est scandée par des matchs réels, qui modifient le classement à mesure. S'agissant de la campagne, le seul match réel se déroulera à son terme. Les huit mois qui précèdent, il ne se passe rien. Rien que des mots.

Il faut donc que les vendeurs du produit transforment ces mots en faits. Le mot devient un fait électoral s'il est un bon mot. Une formule de tribune, une *punchline* comme notre éditeur d'extrême droite les goûte, une *petite phrase*, comme on disait et comme on ne dit plus tant l'empire de la petite phrase s'est étendu. Tant elle est la modalité exclusive de la langue électorale.

Pour remplir le produit vide qu'elle vend, l'entreprise électorale met aussi sur le marché ce qu'elle appelle des primaires, points de fixation spectaculaires auxquels les médias donnent grande visibilité pour mieux s'en repaître.

De son côté, la boutique médiatique produit des sondages qu'elle vend comme des faits. Pour ça elle systématise un raccourci de langage. Non plus : si l'élection avait lieu aujourd'hui, Mélenchon serait à 11 %. Mais : Mélenchon remonte. Verbe d'action. Comme Pantani remonte au classement du Tour après la 12e étape. Pour ça, le pirate a sué dans le Tourmalet. Mélenchon n'a rien sué du tout. Mélenchon remonte sans bouger, comme Virenque avançait sans pédaler.

Si un sondage peut facilement être vendu comme un jalon réel de l'élection, c'est que réciproquement le résultat du jour J n'a pas beaucoup plus de conséquences qu'un sondage. Des chiffres aussi, et qu'on commente avant d'aller se coucher pour un sommeil de cinq ans.

Le verdict de l'élection modifiera sans doute quelques babioles dans le pays, mais ce n'est pour cela qu'on s'y intéresse. On s'y intéresse pour elle-même. Phénomène familier aux fans de sport, enclins à se passionner pour des compétitions sans autre finalité que leur occurrence. Finalité du Mondial de foot ? Le Mondial de foot. Une fois tous les matchs joués, il n'y a plus qu'à spéculer sur l'édition suivante. Quelle équipe pour succéder à la France en décembre 2022 au Qatar ? L'Italie, dans l'élan de sa victoire à l'Euro ? Ou peut-être Édouard Philippe, qui déjà se tient prêt.

Les compétitions électorales ne me laissent pas insensible. Je les suis, d'un œil d'abord éteint puis qui s'allume au fil des mois, de même qu'au fil d'une soirée Miss France. De minute en minute, moi qui arrivais ricanant, je prends des repères, contracte des préférences et des répulsions, trouverais injuste que Miss Guadeloupe l'emporte sur Miss Saône-et-Loire dont j'aime les taches de rousseur et incidemment les fesses. Je me suis pris au jeu. Je ne veux plus couper sans savoir le fin mot.

Qu'en 2021 Miss France soit Miss Île-de-France n'affectera aucune vie d'aucun habitant du pays qu'elle *représente*. Pour autant, samedi dernier nous étions 8 millions devant le programme. Nous serons aussi présents en nombre devant la soirée électorale d'avril. Le canapé n'aura pas bougé ; ni la position, assise et immobile.

Je me prends au jeu. Le sondage donnant Pécresse gagnante m'interroge. Cette bonne élève de lycée catho a donc une chance ? La bourgeoisie des Yvelines et des Hauts-de-Seine est si influente ? Je me dis que son indigence finira par éclater. Se le dire n'est pas misogyne. Je ne le dirais pas de Marine Le Pen, qui a du répondant. Avocate, quand même. Avocate avant sa reconversion professionnelle en candidate. Sur quelle activité se rabattra-t-elle quand sa famille lui préférera sa nièce ? Le barreau à nouveau ? Ou plutôt éleveuse de chats, puisqu'elle a passé le diplôme.

Ces méditations haut perchées ont occupé mon cerveau trois minutes. Trois minutes superflues mais plaisantes. La campagne n'est pas que déplaisante. En février, je jetterai un œil sur son acmé audiovisuel et donc son acmé :

le débat où derrière leur pupitre les candidats sont des commissaires-priseurs qui font l'article d'eux-mêmes. J'espérerai que Mélenchon y soit dominateur. Mélenchon se présenterait 34 fois qu'il échouerait 34 fois, mais ce sera pour la beauté du geste. Les soirées où il défonce ses concurrents sont des bons moments à passer. De bonnes phases de jeu, qu'on se repasse en boucle le lendemain.

J'aurai contribué à l'audience de l'élection. Comme le votant contribue à la légitimité de l'élection. C'est même d'abord à ça qu'il contribue. Au sein de cette festivité circulaire, un vote se prononce d'abord en faveur du vote.

J'ai dit qu'un bulletin ne dit rien et qu'en cela il est toujours nul. Mais il énonce au moins un message clair : je vote.

A voté ! C'est en ces termes que l'assesseur acte le geste du votant. C'est tout ce que l'institution en retient, et tout ce qui l'intéresse.

Un électeur peut penser élire tel ou telle et pour tel ou tel mobile, il élit avant tout l'élection.

Quelle que soit la sensibilité qui le porte, tout suffrage est en faveur du suffrage.

Membre d'un parti ou non, l'électeur est de toute façon un encarté du parti électoral.

Le votant valide l'élection.

Il dit : j'achète.

Il achète littéralement. Il coche la case satisfait devant le produit électoral, vendu par ses directeurs commerciaux les partis et les médias. Il est cet internaute acceptant sans les lire les conditions illisibles d'accès à un site. Peu importe le site, l'important c'est la présence sur Internet. A cliqué ! crie un assesseur des GAFAM à chaque seconde de présence.

Il achète surtout le principe de l'élection. Ses règles. Ses postulats. Les scissions constitutives du dispositif électoral : scission entre citoyens actifs et passifs, entre élus et électeurs, entre représentants et représentés.

En déléguant, l'électeur dit oui à la délégation.

En déléguant à des professionnels, il dit oui à la professionnalisation – et reconnaît son amateurisme politique.

Il dit oui à la division inégalitaire du corps social, et par extension à l'ordre social inégalitaire que l'élection à la fois figure et corrobore.

En validant l'élection, je valide bien plus que l'élection. Je valide l'ordre dont cette élection est un mur porteur.

Certaines conjectures aussi alambiquées qu'ineptes de l'électeur le conduisent parfois à *voter utile*, c'est-à-dire à un choix tactique plutôt que de cœur. L'usage admis de *vote utile* trahit le sentiment général que le vote est ordinairement inutile.

À quoi l'élection est-elle utile si elle est inutile ? À quoi sert-elle si elle ne sert à rien ? Qui sert-elle si elle ne sert pas l'électeur ? Quelle rente représente-t-elle et pour quels rentiers ?

Une réponse serait : pour les rentiers de l'ordre. Ceux pour qui l'ordre en place est une rente ; qui touchent des intérêts sur sa pérennité.

Inutile à changer les choses, l'élection est utile à l'ordre.

Une voix peut aller à d'irréductibles contestataires comme Arlette Laguiller ou Francis

Lalanne, elle va toujours *in fine* au parti de l'ordre.

Le parti électoral est une émanation du parti de l'ordre.

Longtemps, le parti de l'ordre a craint l'élection. Il la craint encore dans bien des pays.

Longtemps, il s'est furieusement démené pour qu'on ne bascule pas dans un régime électoral.

Il était bien bête.

Il a fini par réaliser qu'il était bien bête. Acculé à l'élection par une poussée historique, il s'est d'abord cabré puis s'est dit : après tout pourquoi pas ? Après tout l'ordre ne tient pas par l'État. L'ordre tient d'abord par l'argent et la propriété. Qu'ils prennent l'État, nous garderons l'argent et la propriété. Et notre argent nous assurera le contrôle de l'État dont les lambdas auront cru s'emparer. Qu'on élise ou non les godillots qui administrent ce prestataire de services, cela est égal.

Je simplifie. L'élection, *a fortiori* le suffrage universel, n'ont pas été qu'aimablement consentis par le parti de l'ordre. Ils ont été aussi réclamés par le camp de l'émancipation qui voyait là un moyen de déstabiliser l'ordre. Mais il est factuel, d'une part que ledit camp est très vite revenu des espoirs mis dans l'élection – dès juin 1848 le pot-aux-roses est découvert –, d'autre part et parallèlement que l'ordre a fini par la concéder bien volontiers ; par calculer qu'il n'y avait dans l'élection aucun danger

Et même plutôt une aubaine.

Pourtant, mathématiquement, le dispositif promettait d'être perdant pour les rentiers. Aux défauts d'être bruyants et malodorants, les pauvres ajoutent celui d'être nombreux. C'est le petit inconvénient d'une société où une poignée accapare tout de rendre *ipso facto* majoritaires ceux qui n'ont rien.

Majoritaires, en démocratie électorale, cela veut dire vainqueurs. Le suffrage censitaire garantissait l'ordre en place, donnant aux seuls propriétaires la prérogative de renouveler ou non l'ordre propriétaire – qu'étonnamment ils renouvelaient –, mais ne risquait-ils pas de perdre la main si on donnait la parole aux très nombreux gueux ?

C'est, en le renversant, le raisonnement que tient la gauche pour se motiver à aller se prendre une énième branlée dans les urnes. Il suffirait que les plus nombreux votent bien pour qu'on gagne. Il suffirait qu'on gagne pour être victorieux.

Or à l'orée de la Troisième République sous laquelle nous vivons encore, les éléments les plus habiles du parti de l'ordre ont compris le profit à tirer de l'intégration des gueux au corps électoral. Le nombre qui semblait desservir la minorité des possédants allait en fait les servir. Il signifierait non pas leur perte mais leur consolidation. Car si les gouvernants étaient élus par le nombre, ils n'en seraient que mieux acceptés, et mieux obéis. Les décisions de gouvernement légitimées par l'élection ne seraient plus contestables.

Longtemps le parti de l'ordre a craint l'élection et puis, malin comme un Sieyès, madré comme un Thiers, il y a vu une instance fiable de légitimation de l'ordre.

L'ordre organise l'élection. Il y dépense beaucoup d'énergie et d'argent. C'est au ministère de l'Intérieur qu'incombe l'officialisation des résultats. C'est ce même ministère qui veille à la *bonne tenue* de l'élection. Même en temps de Covid il faut que des élections se tiennent, et qu'elles soient plébiscitées. Allez voter, prescrit l'ordre via des campagnes de sensibilisation financées par l'impôt. Ne prenez pas le volant avec 2 grammes d'alcool dans le sang, ne prenez pas la fuite les jours d'élection.

Aux urnes, citoyens.

L'urne est donc une arme. Une arme contre ceux qui enjoignent à l'utiliser ? Ce serait bien le diable.

À l'approche d'une élection, les bardes du parti de l'ordre, soucieux d'équité et de pluralisme, taisent le camp qui a leur préférence. Leurs collègues de plateaux ont beau les questionner, ils ne lâcheront par leur vote, au nom d'un devoir de réserve républicaine qu'ils inventent pour l'occasion. En revanche ils se prononcent sans réserve en faveur du vote. Leur message neutre est : votez. Votez pour qui vous voulez mais votez. Votez puis signez le registre, juste là en bas à gauche. On ne vous en demande pas plus. Comme ratification de l'ordre existant cela suffira.

Les professeurs de la République relaient le message dans des cours dits d'instruction morale et civique, car le citoyen est moral et la morale citoyenne. On n'y apprend pas à occuper le siège d'une banque mais à connaître *nos institutions*, que les citoyens en herbe sont invités à honorer en devenant des électeurs juste après le bac.

Les professeurs de la République sont des professeurs de République. Parfois ils organisent un périple dans la capitale pour visiter l'Assemblée nationale. Regardez les enfants, ici c'est l'hémicycle où les représentants du peuple souverain, vos représentants quand vous serez en âge de réfléchir, votent les lois. Où ils légifèrent en votre nom. Où depuis cinq ans, toutes les propositions de loi n'émanant pas de l'exécutif ont fini à la poubelle. Où depuis cinq ans toutes les lois votées l'ont été à l'initiative de l'exécutif.

Le parti de l'ordre pourrait aussi bien se féliciter de l'abstention massive. Cette abstention venant des éléments socialement inférieurs, des employés, des ouvriers agricoles, des chômeurs, des jeunes précaires ou précarisés en tant que jeunes, elle compense le déséquilibre mathématique de départ. Elle fait perdurer le suffrage censitaire sous les apparences du suffrage universel.

Mais justement il faut maintenir les apparences.

Trop d'abstention risque de délégitimer l'élection et l'ordre qu'elle a vocation à légitimer. À 60 % on ne va plus tarder à dépasser le seuil de légitimité. La duperie va commencer à se voir. L'élection commence trop à ressembler à la réunion de copro qu'elle est, et le vote au point d'orgue de cette réunion, où un suffrage entre pairs confirme dans ses fonctions le représentant actuel des propriétaires, ou lui substitue un clone tout aussi homogène à ses électeurs.

Il est urgent de mettre des prolos sur la photo. Tâchons d'en rameuter quelques-uns, il y en aura bien pour penser que c'est là une faveur.

Quelques-uns mais pas trop.

La bonne administration bourgeoise est affaire de dosage : dosage dans la violence du marché – à adoucir de quelques miettes sociales –, dosage dans l'autorité – à assaisonner de quelques pincées d'horizontalité. Le bon compromis entre trop d'électeurs prolos et pas assez donne une abstention à 40 %. Ce qui fait 60 % de *participation*.

L'important c'est de participer.

La démocratie dite participative a aussi pour fonction principale de faire taire à l'avance les gens qui prétendraient ne pas avoir été écoutés.

Seul un refus massif de figurer sur la photo serait de nature à troubler le confort censitaire.

Ce refus massif, et significatif parce que massif, n'a jamais lieu. Phénomène social remarquable. Phénomène logique en tant que social, mais remarquable quand même. Le parti électoral s'étonne que les pauvres votent si peu, le parti des pauvres s'étonne qu'il s'en trouve encore pour voter.

Côté rentiers, pas d'abstention. On note souvent le faible vote des classes populaires mais jamais l'hyper vote des classes supérieures. La raison à ces deux phénomènes est unique, quoique ramifiée en deux énoncés tête-bêche : les classes populaires sentent bien que ce n'est pas leur affaire, les classes supérieures savent bien que c'est la leur.

Que les pauvres se mêlent en nombre de cette affaire de riches semblerait aussi incongru que leur implication dans les affaires des riches, leurs placements boursiers, leurs stratégies de contournement fiscal, la répartition de l'héritage, le plan de table du mariage de l'héritière. Il ne manquerait plus qu'ils deviennent ministres.

Les élus exerceront le pouvoir, en partenariat avec d'autres pouvoirs – économique, financier, technologique, administratif – plus ou moins connus mais jamais élus. Il y a une certaine logique à ce que les gens éloignés de tous les pouvoirs se sentent peu concernés par ce renouvellement du personnel du pouvoir.

Les locataires ne sont pas conviés à participer à une assemblée de copro. Seulement conviés à prendre acte de ce que la réparation de l'ascenseur votée à 12 voix contre 2 se répercutera sur le prix des loyers.

La France s'est paraît-il droitisée.

Mais de quelle France on parle ? Qui dit France ne dit jamais rien.

La France qui achète 50 millions de mangas en 2021, qui s'arrache les billets pour les championnats d'Europe d'e-sport, qui relève un défi maquillage sur TikTok, qui se précipite voir *Dune*, qui mange ses week-ends en spéculations sur le bitcoin, ne s'est pas droitisée. Elle s'est américanisée, asiatisée, éventuellement libéralisée.

Ce n'est pas la France qui se droitise, c'est la France électorale.

La France électorale, celle qui vote, représente le tiers de la population de France.

La droitisation de cette France minoritaire a des causes contingentes : vieillissement du corps électoral, à proportion du vieillissement général et de la nette tendance des jeunes à préférer la K-pop aux élections ; part croissante du patrimoine entre les mains de la population âgée. Un vieux est à la base plutôt conservateur, n'ayant plus la santé d'aimer le désordre ; un vieux riche est carrément conservateur.

Cette droitisation conjoncturelle intensifie un fait de structure, à savoir que l'élection, institution conçue et administrée par l'ordre, est un opérateur de conservation.

La France électorale est une catégorie statistique mais aussi une catégorie idéologique. La France électorale est, en tant que telle, conservatrice.

Je me fais rire tout seul en songeant que l'élection qui vient sera une primaire de droite. Mais toute présidentielle en est une.

La France non électorale est majoritaire. Et composite.

Elle comprend les individus mineurs. Les mineurs n'ont pas le droit de vote mais le droit de partager le réel des gens qui votent. Ils n'ont pas le droit de participer aux élections mais le devoir de fréquenter 5 jours sur 7 l'institution scolaire, dont chaque élection réaffirme qu'elle est le cœur du pacte républicain. Ils respirent le même air que leurs parents électeurs mais ne sont pas censés avoir d'avis sur les particules fines. À travers leur cas s'éprouve que la citoyenneté n'est pas corrélée à l'usage de la cité. Le citoyen n'est pas l'habitant. Le citoyen est un ectoplasme auquel on ne connaît pas d'adresse.

Moyennant quoi la France non électorale comprend aussi des étrangers résidant ici sans être citoyens. Ceux-là travaillent en France, y cotisent pour la sécu, y scolarisent leurs enfants, y tirent des euros au distributeur, mais le lien organique entre nation et élection leur interdit d'élire ceux qui (dé)régulent le marché du travail, gèrent la redistribution, imposent et configurent l'école, battent monnaie. L'étranger sera bien aimable de respecter les règles et les lois sur lesquelles il n'a pas le droit de statuer. Les habitants de nationalité française vivent en pseudo-démocratie, lui vit en dictature. S'il n'est pas content, il n'a qu'à se naturaliser, ce qui lui coûtera cinq ans de paperasse et d'attente à la préfecture pendant lesquels il sera un habitant non citoyen. Et s'il grogne encore, il peut toujours rentrer chez lui. L'élection tu l'aimes ou tu la quittes.

La France non électorale comprend en outre des gens qui ne votent pas parce qu'ils s'en foutent. Par manque de temps, tête ailleurs, concert de Damso, dédicace d'Angèle à la FNAC, ignorance, connerie. Comme déjà vu, certains de ceux-là sont des pauvres, dont le non-vote est un trait distinctif du niveau social. Que dans l'esprit de tous le non-vote signale le pauvre montre qu'il est unanimement admis que le vote est un truc de riches.

La France non électorale comprend enfin des gens qui ne votent pas parce qu'ils ne s'en foutent pas du tout. Qui ne s'en foutent pas assez pour aller voter. Qui ont une idée trop haute et surtout trop concrète de la politique pour la souiller dans un isoloir. Qui préfèrent la politique à son pastiche électoral. Ceux-là vivent en ferme collective où les richesses créées sont partagées, organisent des happenings d'inspiration décoloniale, ont monté un espace de troc dans un garage désaffecté de Bobigny, combattent au Rojava dans une brigade internationale, sont délégués syndicaux de la section cheminots de Montparnasse, informent gratuitement sur les logiciels libres ou en conçoivent. Ceux-là contestent l'ordre en place ou un aspect de l'ordre en place. Ils sont gauchistes ou non. Ils développent ou non une réflexion sur le caractère viscéralement conservateur de l'élection. Ils ne votent pas car ils sont trop occupés à faire de la politique. Étant citoyens toute l'année, ils n'ont pas besoin de cette petite réassurance citoyenne qu'offre l'élection.

Ceux-là portent haut le vocable politique que l'élection usurpe.

Les vieux et riches et marchands et exploités maraboutés, et autres trouillards pathologiques dont la priorité politique est la conservation de l'ordre social, dégradent la politique en police – c'est-à-dire en maintien de l'ordre.

Dans ce sens que j'emprunte à Rancière, la police est assurée par les institutions, par le droit, par l'argent, par le chantage à l'emploi, par les canaux idéologiques, par le quadrillage sanitaire, par le système scolaire, etc. Et aussi par ce qu'on appelle couramment la police, dont certains des corps sont dévolus au maintien de l'ordre.

Si elle n'est pas rétrécie en police, la politique aspire et œuvre à déranger l'ordre, en vue d'une autre organisation sociale, d'une autre répartition de la richesse, d'une autre occupation de l'espace et du temps, d'un autre partage du sensible dirait encore l'ami Jacques.

Police et politique sont deux options antagonistes. Aussi sûr que l'émancipation s'oppose à l'éducation, et l'énergie du possible à la puissance d'inertie de l'existant.

Ceux qui entendent déranger l'ordre se déjugent en cautionnant le dispositif électoral réglé par et pour les forces de l'ordre.

On ne peut pas faire à la fois la police et de la politique. On ne peut être à la fois de la France électorale et de la France politique. Ou alors comme ça en passant. Voter comme on ferait une belote, sachant bien que la politique est ailleurs.

Le parti de la police vote allègrement. Il a raison, le vote est pour lui ; il se l'est offert. Il s'est servi la soupe, à l'égal des députés votant leur salaire, ou des membres de conseils d'administration du CAC 40 s'élisant les uns les autres. Je t'élis, tu m'élis, nous nous maintenons.

La droite participe allègrement à l'élection de droite. Tous les deux, trois, cinq ans, les possédants et des subalternes envoûtés, les châtelains et leurs gens, les grands commerçants et les petits indépendants qu'ils étranglent, cheminent vers le bureau de vote pour reconduire l'existant. Cela revient parfois à réélire les actuels fondés de pouvoir, et parfois à en désigner de nouveaux sortis d'un chapeau de banquier. Parfois il est nécessaire de rafraîchir la devanture pour sauver le magasin.

Tout cela procède de l'intérêt bien compris, et répond à de lisibles nécessités.

Plus étrange est de voir des gens de gauche voter.

Je veux dire : de voir des gens vraiment de gauche voter vraiment. Et engueuler ceux qui ne votent pas.

Comment expliquer cette bizarrerie d'un lézard à poil dur ? Comment en est-on arrivé là ? Au prix de quel malentendu, quelle distraction ?

Je vois plusieurs malentendus. Qui sont des mal-entendus.

1. L'individu de gauche entend mal ses convictions. Il se croit de gauche et n'est qu'un droitier complexé. Mais cette espèce, un temps dominante dans la France électorale, est en voie de disparition. Le dernier spécimen aperçu broutait dans un jardin de la mairie de Paris. Le parti qui abrita cette mascarade fermera bientôt boutique. Hypothèse refermée.

2. L'individu de gauche entend mal ce qui l'attache tant à l'élection. Il pense que c'est la corde politique qui vibre en lui quand il vibre pour elle, or c'est la corde Miss France.

L'excitation de la compétition. L'enivrement des disputes stratégiques entre amis. Décapsulant une bière, Gregory souhaite que *la gauche* se range derrière un candidat unique. Tapant dans le paquet de chips, Cyrielle estime que Mélenchon et Jadot sont incompatibles. Jo déjà bourré propose une prière collective à Taubira, notre bienfaitrice, notre salut. Basile assure que les trois challengers de droite peuvent se neutraliser à 15 %, ce qui laisse une chance à *la gauche* d'être au second tour. Raison de plus pour s'unir derrière un candidat unique, ponctue Grégory, mais Cyrielle estime que Jadot et Mélenchon sont incompatibles et Jo espère une candidature de Jaurès. Il est 23 heures et on n'a pas fini. On va rouvrir une bouteille. On est intarissable comme des enfants jouant aux cosmonautes.

À mieux s'écouter, Gregory entendrait que, ce soir dans ce studio de prof précaire du centre-ville de Rennes, sous couvert de responsabilité civique, c'est son existence pré-civique qui refait surface. C'est sa mère militante chevènementiste à la Fédération Loire-Atlantique du PS ; c'est le champagne ouvert par ses parents pour la victoire aux législatives de 97 ; c'est sa première manifestation pendant l'entre-deux-tours de 2002. Pour l'occasion il avait séché le bac blanc de français. Sur Gregory, le vote et son pourtour ont l'effet d'une madeleine sur un écrivain asthmatique. Autant que le maillot orange des Pays-Bas sur son grand frère né en 1966. Cruyff et le bureau de vote, c'est l'enfance. C'est les parents qu'on accompagne jusque dans l'isoloir, et que leur droit inaccessible de voter auréole de maturité. Et quinze ans plus tard vient notre tour de reproduire cette scène matricielle.

3. L'individu de gauche entend mal la gauche. La plupart des gens de gauche le sont par éducation, imprégnation culturelle, loyauté familiale, *habitus*. D'autres pêchent la truite à la suite de leur père qui mimait son oncle. D'autres font le ramadan pour ne pas attrister maman. Ils sont musulmans en gros. La plupart des gens de gauche le sont en gros. Le mot gauche permet ce flou artistique. C'est pourquoi la clarté lui préfère : camp social.

L'individu en gros de gauche ne comprend qu'en gros les deux axiomes du camp social. C'est d'abord la méconnaissance ou l'oubli de ces deux axiomes qui lui fait professer le vote, et taxer l'abstention de faute politique.

Le premier axiome est la pensée structurelle.

Qui s'oppose point par point à la pensée libérale.

Le camp libéral pense par les individus (et au nom des structures), le camp social pense par les structures (et au nom des individus). L'une met en avant la responsabilité positive ou négative des individus, l'autre le poids déterminant des structures. Le point de vue structurel établit qu'au sein d'une société dominée par la bourgeoisie, l'élection n'a pu être instituée qu'au profit de la bourgeoisie. Selon ce point de vue, il n'est pas envisageable que des gouvernants aient offert aux gouvernés un dispositif propre à les destituer ; que les rentiers aient permis voire promu des élections susceptibles de ruiner la rente. Sur l'élection, autant que sur l'école, la gauche en gros piétine le raisonnement-socle de la gauche en vrai : ce que l'ordre autorise et *a fortiori* organise conforte l'ordre.

Du reste, l'ordre est beaucoup moins affable avec ce qui l'inconforte qu'il ne l'est avec l'élection. Il existe peu de campagnes officielles en faveur du zéro déchet, peu de sorties scolaires passant par le mur des Fédérés pour s'y recueillir, peu d'affiches Manifestez dans les halls des mairies. Les dimanches de printemps on a rarement vu un ministre de l'Intérieur organiser, plutôt qu'une élection régionale, un squat de bureaux vides.

Tout cela, l'individu de gauche en gros ne veut pas l'entendre. Pour couvrir ce zézaiement pénible, il se lance dans un monologue scandé de je suis désolé mais non.

Il est désolé mais non.

Son monologue reconduit la modalité principale de la pensée libérale : la mise en avant de l'exception – oui, il y a des déterminismes sociaux, mais voyez ce fils de carreleur entré à l'ENA. Aussi vrai qu'il tient l'école pour une poche de résistance égalitaire dans le système capitalo-industriel, l'individu en gros de gauche est désolé mais il voit l'élection comme le mouton rose dans le maillage des institutions. Comme un havre de démocratie et d'émancipation au cœur d'une société verticale et vouée à sa reproduction.

Nous gens de gauche n'avons plus qu'à profiter de cette faute d'inattention des forces de police, de cette boulette suicidaire du parti de l'ordre : avoir fabriqué la bombe qui le détruira, et nous confier le déclencheur. Allez-y, gens de gauche, finissez-en avec nous. Nous l'avons bien mérité. Nous sommes des égoïstes arc-boutés sur nos privilèges et nos sièges. Dépossédez-nous par l'école, destituez-nous par l'élection. Devenez électeurs, devenez profs et depuis ces places fortes travaillez à saboter de l'intérieur cette société qui gave des salopards comme nous.

Si dans un moment fou de lucidité, l'individu en gros de gauche concède que l'élection et l'école sont d'essence conservatrice, il est désolé mais non ça ne les condamne pas totalement. Il ne renonce pas à sa stratégie entriste mais la situe à plus petite échelle. Il ne songe plus à infléchir la société depuis le maquis éducatif ou électoral, mais à infléchir l'élection et l'école. Nous serons des profs de gauche égalitaires dans une éducation nationale reproductrice d'inégalités / nous ferons gagner la gauche aux élections. Ainsi sortiront de l'école des citoyens à l'esprit critique affûté ; ainsi sortiront des urnes des gouvernements de gauche prêts à privatiser le Crédit lyonnais.

À parier ainsi sur la victoire de la gauche dans un sport de droite, l'individu en gros de gauche semble illogique.

Il est en fait très logique. Car au fond de lui, il ne croit pas que l'élection soit un sport de droite, ni que le système représentatif soit conservateur dans son principe. En bon libéral, il croit que la structure est ce qu'on en fait. L'élection sera de gauche si la gauche l'investit.

Elle penchera du bon côté si les gens du bon côté font masse, comme dans une barque ou dans le Costa Concordia.

À l'appui de cette projection, il ressort le glorieux mai 81. Seule victoire de la gauche sous la Cinquième République – une soudaine pudeur l'empêche de compter l'élection de Hollande. Mais quelle victoire ! Historique, et encore revivifiante quarante ans plus tard. N'est-ce pas la preuve qu'une autre élection est possible ? Un éclatant démenti au fatalisme structurel ?

Il est si émouvant de voir ce camarade s'accrocher au rocher du 10 mai qu'on a de la peine à devoir lui casser le bras pour qu'il tombe.

On va y aller en douceur. Procéder par petits coups. Commencer par le plus léger : la gauche qui triomphe alors avait à sa proue un homme foncièrement de droite. Qui n'avait opté pour le Parti dit socialiste que sur la foi de son doigt mouillé, séché par un vent de gauche.

Et ce vent nous mène à l'essentiel.

Ce vent, ce n'est pas l'élection qui l'a levé.

La victoire de 81 n'est pas une victoire électorale. 81 ne se gagne pas en 81, par le jeu de la compétition électorale, mais en 68. Par là j'embrasse la période qui court de l'après-guerre aux années 80, où le fond de l'air fut rouge. 81 ramasse 68. 81 est la cristallisation électorale de la vigueur des forces sociales conjuguée à l'hégémonie de la pensée émancipatrice – les deux se nourrissant. En ces temps, la vitalité politique est telle qu'elle parvient à dérégler le jeu policier.

Il n'y a pas de victoire électorale du camp social. Il y a des victoires sociales qui parfois se répercutent dans la comptabilité électorale.

La logique électorale ne se tord pas de l'intérieur mais de l'extérieur. Et non pas en votant mais en agissant. Puisqu'élire n'est pas agir mais y renoncer, l'agir n'a lieu qu'en dehors du cadre électoral.

Le 10 mai 81, la France électorale ne vire à gauche que parce que la France politique vient percuter sa routine conservatrice.

L'élection est politique si la politique produite au-dehors débarque par la fenêtre dans ce pince-fesses et y fout le bordel.

Dans les périodes où les forces politiques sont faibles, l'élection livrée à sa pente institutionnelle fait tranquillement son boulot de réassurer l'ordre.

En 2022 ces forces sont presque inexistantes. Les professionnels qui candidatent à gauche peuvent s'unir, se désunir, fusionner, se multiplier comme des pains, promettre une hausse du SMIC de 300 %, chanter « One More Time » en italien : rien ne gâchera la fête libérale-autoritaire de l'élection en cours.

L'individu de gauche en gros ne tient plus au rocher que par un doigt.

L'instinct de vie lui donne la force d'un dernier sursaut.

Il faut agir et non élire, très bien, mais pour que l'agir se répercute dans l'élection il faut bien que des agissants votent. Si en 81, les individus produits par 68 ne votent pas, 68 n'a pas de débouché électoral.

Il est désolé mais voilà.

La remarque n'est pas idiote. Elle invite à préciser qu'au fond le débouché électoral est superflu. Si des forces politiques sont agissantes, elles agissent. Comme on dit qu'un médicament ou un poison agissent. 68 a agi bien avant 81. Ce que j'appelle 68 est une action en soi, un déplacement au long cours des masses d'air d'opinion sur de multiples sujets, sans qu'il soit nécessaire que la France électorale se mêle de l'accompagner.

Lorsque les forces véritablement agissantes réclament une loi, cette loi finit par s'écrire. Il est arrivé qu'un gouvernement de droite dépénalise l'IVG sous la pression de la force féministe qui depuis des années occupait la place, innervait la société, ouvrait les consciences, désencombrait les corps, informait les aveugles sur la réalité.

Si une force politique est digne de ce nom, elle se passe très bien de victoires électorales.

Dans les temps de grande santé politique, l'élection a l'air d'une pauvre petite chose désuète. Elle est là rencognée et plus personne ne la regarde. Dans l'écran un candidat fustige le séparatisme musulman et personne ne l'écoute. Les télés et les téléphones parlent dans le vide. La politique ne débouche pas sur l'élection. Elle s'y substitue. Aussi vrai que l'élection se substitue à la politique. Ce sera l'une ou l'autre. Les temps de grande santé politique marginalisent l'élection, la centralité de l'élection est signe de mauvaise santé politique.

Les débouchés électoraux d'une ébullition politique sont rares, tant la France électorale est hermétique à la France politique. Deux pays en un. Deux voisins qui ne se parlent pas.

L'hermétisme semble aujourd'hui à son comble. Ce que les éditorialistes de garde appellent la crise de la représentation relève plutôt d'un achèvement de la scission instituée par la représentation. La représentation ne s'est jamais aussi bien portée. Permettant mieux que jamais au bloc bourgeois de gouverner à son seul usage, elle a atteint son point de perfection. Les Gilets jaunes ont occupé la scène, un mouvement contre la réforme des retraites a duré, l'activisme écologiste se radicalise, les minorités raciales politisent leur oppression, des monnaies locales fonctionnent, des zadistes persévèrent, des cadres du privé démissionnent, personne ne croit à l'UE à part les commissaires, tout le monde déteste la finance, et nous fonçons droit vers l'élection la plus conservatrice de l'histoire de la République. L'élection n'est pas incidemment hermétique à la politique. Elle est pensée pour y être hermétique. Pensée pour neutraliser la politique, la verrouiller, la conjurer.

La politique effraie les rentiers ; qui, après une poussée politique, votent la peur au ventre, et pour se rassurer. Comme ils votèrent après le Front populaire. Comme ils votèrent en juin 68.

Comme ils votèrent après la Commune.

Les élections des années 1870 furent l'écho, non de la Commune, mais de l'effroi qu'elle avait provoqué – semaine sanglante comprise, où les possédants s'effrayèrent de leurs propres massacres. De la Commune, l'élection fut un débouché *a contrario*. Nous avions eu des anarchistes dans la rue, nous aurions des royalistes à la Chambre. Parce que nous avions eu des anarchistes dans la rue, nous aurions des royalistes à la Chambre – unis aux républicains en haine de la rue.

Le suffrage universel, l'école et les colonies assureraient la stabilité et la prospérité de la République bourgeoise. Qui depuis lors vit sur ces bases. La prédation coloniale se survit dans la voracité de nos multinationales, l'école se survit en garderie, l'élection survit au sentiment majoritaire de son inutilité.

Sous ce jour, 81 s'éclaire différemment. 81 n'est pas le débouché de 68 mais sa forclusion. 81 ramasse 68 et l'achève. Et peut-être le ramasse pour l'achever.

La coïncidence des dates parle. C'est bien dans les années 80 que s'engage le grand reflux conservateur. En 81 la traduction électorale de la force politique nommée 68 acte et finalise son extinction.

Que le triomphe du camp social de 81 ait tourné à la pure allégeance au marché s'explique par la nature des sociaux-démocrates, qui finissent toujours par devenir les libéraux qu'ils sont ; s'explique par les pressions extérieures sur nos représentants nationaux, qui pourtant avaient promis de bouter la mondialisation hors du royaume ; mais s'explique aussi par la mécanique de l'élection. Étant admis que l'élection a pour fonction d'entériner l'existant, l'élu, aussi anticapitaliste se soit-il proclamé en rase campagne, sera toujours loyal au système qui l'a consacré.

C'est dit dans la constitution, à laquelle il se pliera sauf coup de force : il est le *garant des institutions*. C'est dit et répété par les éditorialistes de garde : il doit *revêtir les habits de la fonction*. C'est ainsi qu'en 81 Mitterrand endossa l'uniforme taillé pour un général qu'il avait jadis traité de dictateur. Les Forces du Changement mutèrent en Forces de la Conservation.

Aussi bien, un maire même très de gauche est voué à devenir un rouage de l'administration dont l'élection lui a confié la direction. Il avait des réformes à mener, il aura surtout des affaires courantes à expédier. Un syndic d'immeuble entreprend beaucoup moins souvent de repenser les fondations de l'immeuble que de résoudre l'encombrement du vide-ordures. C'est encombré, le syndic engage des techniciens, ce n'est plus inondé. Tout est rentré dans l'ordre.

L'élu est le gardien de la structure, et la structure le garde. La sacro-sainte *continuité républicaine* invite l'élu à gommer en lui l'aspérité politique pour rallier le parti de la République.

Il est alors le *président de tous les Français*. Il ne divise pas mais *rassemble*. Il crée l'unité en liquidant la politique.

Maire de tous les habitants, il veillera à honorer les contrats avec les *partenaires* conclus par son prédécesseur. Il sera le dépositaire des engagements de la ville à dérouler un tapis rouge fiscal à un leader mondial de l'automobile. Il ne traînera pas plus les pieds que ceux d'avant pour inaugurer une usine de pétrochimie *créatrice d'emplois*, ou une clinique privée venue à point pour *désengorger l'hôpital*.

Il est erroné de dire que le pouvoir corrompt. Pour l'occuper, il faut y avoir aspiré et pour y aspirer il faut avoir l'esprit déjà corrompu. Il faut d'emblée avoir renoncé à la politique. L'élu n'est pas modifié par le pouvoir ; tout juste l'exercice du pouvoir attise-t-il un tempérament policier préexistant, un vieux goût de l'ordre, une native envie de se couler dans le moule institutionnel. De s'y fondre.

L'accusation de *cautionner le système* balancée à la figure des abstentionnistes est donc aisément retournable à l'envoyeur.

À l'électeur de gauche, je pourrais démontrer le cadeau qu'il fait au *système* en élisant l'élection.

Mais ce serait à mon tour surinvestir moralement un geste qui n'en mérite pas tant. Ce serait dramatiser le vote, et lui accorder une importance politique que je lui dénie.

Ce serait surtout en pure perte. Dans l'esprit éduqué de l'électeur de gauche, le lien entre politique et élection est séculaire et demeurera insécable. Il est trop tard pour le défaire. Autant servir du tofu a un viandard né. Au contraire l'électeur de gauche retournera le retour : ce n'est pas lui mais l'abstentionniste de gauche qui est une contradiction interne.

Alors le reprend sa manie du certes mais. Le certes mais est la figure oratoire du *statu quo*. En un seul tour rhétorique, la contestation est absorbée par l'institution, la négativité absorbée par la norme.

Certes ça va pas, mais ça va quand même. Certes il faut urgemment repenser la démocratie, mais on la repensera plus tard. Certes l'élection a bien des défauts mais elle n'a pas que des défauts. Certes l'abstention se comprend mais elle est incompréhensible. Certes le vote ne change rien, mais il est le seul moyen de changer quelque chose. Certes la prise de pouvoir entraîne des désillusions mais elle génère aussi des progrès – ici, placer les congés payés, la peine de mort, les trente-cinq heures.

Et toujours le bon sens mathématique substitué à la clairvoyance structurelle : il suffirait que les gens de gauche votent davantage pour que la droite gagne moins. Il suffirait que les prolétaires votent pour qu'ils votent.

Ici entre dans la danse le second axiome du camp social. L'axiome éponyme. L'axiome social. Le pli de penser socialement les problèmes, partant du constat fait postulat que la variable sociale est le déterminant clé d'une situation problématique.

Sous-tendu par la conviction que les prolétaires pourraient voter plus, l'argument mathématique de l'électeur de gauche bazarde cet axiome. *Certes*, les prolétaires votent peu, *mais* ils pourraient voter plus. Dans l'absolu, ils le pourraient. En principe, ils le peuvent. Là où s'absente la donne sociale fleurit l'abstraction. Oubliant l'axiome éponyme de son supposé camp, l'électeur de gauche donne dans le principe et dans l'absolu.

En principe, les dominés peuvent autant voter que les dominants. Sur le papier, le droit de vote est universel, et donc transclasse, et donc égalitaire. Un homme = une voix, qui qu'il soit, d'où qu'il vienne – du moment qu'il peut se certifier français. Il tient donc à chacun de faire entendre sa voix. *L'homme* ainsi convié à ce banquet des égaux serait vraiment bête de ne pas en profiter.

Le principe purge le réel de lui-même. Le vide de sa substance sociale.

Or le social insiste : dans la réalité, les prolétaires votent peu et les bourgeois votent tous.

Puisque l'électeur de gauche campé sur les principes préfère désormais juger les faits plutôt que mettre au jour leurs causes sociales, il en vient à tancer les classes laborieuses qu'il faisait profession de défendre. Observant avec dépit que le dominé réel néglige imbécilement le droit que la république offre au dominé abstrait, il le traite d'imbécile.

C'est le destin de l'homme de principe de désespérer du réel. Le destin de la gauche abstraite d'en venir à désespérer de Billancourt. Puis d'endosser le paternalisme fouettard du parti de l'ordre : puisque les dominés ne votent pas, qu'ils ne viennent pas se plaindre.

La pensée sociale n'a pas de principe à l'aune de quoi juger le réel ou le trouver illogique. Elle n'a de principe que le réel. Par suite, ce réel est toujours logique.

La pensée abstraite dit : les dominés s'abstiennent alors qu'ils ont de bonnes raisons de voter. La pensée sociale dit : si les dominés s'abstiennent, c'est qu'ils ont de bonnes raisons de s'abstenir. Des raisons sans doute absurdes au regard de la raison principielle. Des raisons au sens de causes. Au sens où l'oignon est la raison des larmes.

J'ai dit plus haut une de ces raisons : par définition éloignés du pouvoir, les dominés ne se mêlent pas des gesticulations pour prendre ou garder le pouvoir. Percevant que l'élection est conçue par les dominants à leur profit, il les laisse se quereller en famille.

D'une certaine manière, c'est toujours en tant que dominant qu'on vote.

À l'aune de quoi il devient même logique que le dominé, lorsqu'il vote, vote à droite. Car lui aussi se démerde pour voter en tant que dominant. C'est-à-dire en l'espèce dans le souci de se protéger des éléments socialement inférieurs à lui, vus comme dangereux : l'immigré bénéficiaire de la CMU, le Rom cambrioleur, le toxico dealeur, le chômeur longue durée assisté, le pédophile récidiviste relâché par une justice *laxiste*. Le ressort de son vote est conservateur : conserver son petit ascendant sur les plus bas que lui.

Selon cette hypothèse discutable et donc à discuter, l'élection n'enregistre pas la sensibilité de droite des prolétaires, elle produit cette sensibilité. Au bas mot elle la réveille, l'échauffe.

On connaît la question classique : pourquoi les pauvres votent à droite ? Réponse pas classique : parce que tout vote est de droite.

S'il s'est pu que le vote prolétaire penche à gauche, c'est qu'il se forgeait en dehors du périmètre électoral. Singulièrement au sein du parti communiste, ou d'un cadre de pensée et d'action similaire – telle organisation ouvrière, tel agrégat d'inspiration anarchiste. L'ouvrier alors ne votait pas en tant qu'électeur, mais en tant qu'ouvrier. Ouvrier communiste, socialiste, anarchiste, chrétien, ou tout ça à la fois. L'élection aurait pu se jouer en 43 tours, les bulletins être jaunes à pois verts et le rideau d'isoloir en vison, son vote était décidé en amont, réglé ailleurs. Réglé politiquement, réglé socialement, et alors le camp social obtenait de bons scores.

L'électoralisme de gauche est une branche de l'idéalisme : il s'appuie sur l'idée du vote et non sur les conditions réelles de son exercice.

À la proclamation emphatique de l'égalité devant l'élection, la pensée sociale réplique que l'élection ne se tient pas sur un cumulonimbus, mais au sol, les pieds dans une société donnée qui l'affecte, la tord, la colore, et à la fin pulvérise ses attendus égalitaires.

L'électeur n'est pas ce citoyen de papier qui se présente vierge et nu au bureau de vote. Il arrive socialement marqué. Ayant hérité d'une condition sociale, il arrive conditionné – l'occultation générale de ces plates évidences m'autorise à les rappeler.

Conditionné par les médias de l'ordre, c'est entendu. Mais les médias ne font que finaliser un boulot engagé en dehors d'eux. Ils ne sont qu'un verre d'eau dans le bain idéologique général. Ce bain idéologique, c'est le corps social. C'est la famille, c'est le médecin de famille, c'est le quartier, c'est la région, c'est l'agence Pôle emploi, c'est la Caisse d'allocation familiale, c'est le stage de rééducation à la conduite, c'est l'unité psychiatrique où un citoyen réel amortit son *burn out* professionnel, c'est la chambre de commerce où il s'est inscrit comme tatoueur. C'est le discours sous-jacent à tous les dispositifs sociaux, et qui les légitime. Qui visse dans le cerveau du dominé la nécessité de sa position inférieure. Qui le déshabitue à agir. Qui le dispose à déléguer le gouvernement de ses jours. Qui le prépare à être un électeur sachant élire. Sachant élire ceux qui, étant déjà ses supérieurs, aiguillent son vote. Sachant ne pas voter NPA.

Sauf contre-influence familiale ou amicale, un sujet social n'arrive pas neutre devant le choix de sortir ou non du capitalisme ; il arrive imbibé des valeurs du capitalisme dans lequel il trempe depuis l'enfance, depuis l'école jusqu'au marché du travail où sa position de subordonné lui est devenue une seconde nature. L'idée d'un vote en toute indépendance, par examen autonome et équitable de l'offre idéologique, est au moins aussi risible que l'égalité des chances dans la compétition libérale.

Les candidats de la compétition électorale ne partent pas non plus à égalité. Ceux qui portent des idées conformes, conformes à l'ordre social qui chaque jour imprègne les cerveaux, partent avec une avance irrattrapable.

C'était la prospective la plus à même de rassurer les bourgeois inquiets du pouvoir que le suffrage universel donnerait aux classes laborieuses et dangereuses et nombreuses. La force de persuasion de l'état des choses allait encore agir. Par la force des choses, un prolétaire constamment bombardé d'injonctions à se soumettre n'allait pas donner sa voix au camp de l'insoumission.

Les bourgeois pressentaient à bon droit que d'un élève discipliné devenu un travailleur sérieux ne sortirait pas un électeur rebelle.

Confrontée à l'omnipotente norme inégalitaire de la société, l'égalité formelle des citoyens est un tigre de papier.

Prenez un individu, retirez-lui son habitat, son métier, sa dyslexie mal diagnostiquée, ses parents éleveurs, sa moustache, son amant suédois, son accent de Montélimar, sa passion pour l'escalade, vous obtenez un citoyen.

Le citoyen est une construction formelle. Un tissu d'abstractions. Une convention de langage : on aurait dit qu'un bout de papier plastifié fait de toi un Français ; que cet autre bout de papier fait de toi un électeur ; que cet autre bout de papier fait de toi un votant : que l'addition de bouts de papier portant ton nom fait de toi un président.

L'individu devient un sujet politique s'il s'émancipe des formes prédéfinies de l'élection.

Le sujet politique advient en s'émancipant de l'électeur.

La démocratie formelle plane cent kilomètres au-dessus de la société réelle.

La démocratie formelle met en scène des citoyens, la société ne connaît que des sujets sociaux. Dans l'état actuel de la société, 80 % des sujets sociaux ne peuvent être des citoyens.

Voter leur est possible, et c'est bien le moins. Mais avant, mais après ? Surveiller le travail des représentants ? C'est ce qui est préconisé par les formalistes de la démocratie. Et qui n'est jamais fait.

Veiller à la conformité des actes des gouvernants avec les désirs des gouvernés ? En principe ce devrait être fait et n'est jamais fait.

S'inviter à Versailles pour réclamer du pain ? Cela s'est peu observé depuis octobre 1789.

Le formaliste dira que ces initiatives sont du ressort des citoyens. Qu'il ne tient qu'à eux.

En principe et dans l'absolu il ne tient qu'à eux de lire le *Journal officiel* que nul ne lit.

En principe et dans l'absolu, nul n'est censé ignorer la loi. Cette impayable maxime assure les arrières du dominant, certain que ce qui est censé être ne sera pas. Cet écart entre le censé et le réel lui donne toujours une avance et l'ascendant. Si n'importe qui connaissait son droit, les juristes perdraient leur monopole. Le parti de l'ordre a intérêt à ce que le *citoyen lambda* ignore la loi qu'il est censé ne pas ignorer.

Dans l'absolu, un pauvre et un riche sont égaux devant la loi et devant sa gardienne la justice. Un pauvre et un riche sont inégalement déterminés à tomber dans l'illégalité, inégalement en mesure de rémunérer des avocats puissants, inégalement dotés en cousins germains haut placés ou en relations à faire jouer pour leur défense, mais égaux devant le droit.

Le propriétaire et le non-propriétaire bénéficient formellement des mêmes protections juridiques de la propriété.

Le parti de l'ordre proclame une égalité formelle pour s'exonérer de l'inégalité réelle. Proclame l'égalité devant le vote pour masquer la corruption sociale de l'élection.

L'ordre a beau jeu de décréter chacun citoyen, sachant bien que chacun n'a pas le temps de l'être.

La citoyenneté est un travail et les sujets sociaux en ont déjà un. La citoyenneté c'est du temps et les sujets sociaux en manquent.

Pourquoi l'électeur ne surveille-t-il pas les élus ? Pourquoi serait-il bien incapable d'assumer un hypothétique mandat impératif ? Avant tout parce que la contrainte sociale bouffe son temps.

Aux gens attelés au travail la moitié de leur vie diurne, il ne reste le soir qu'une poignée d'heures pour faire les courses, préparer à manger, parer aux affaires courantes, coucher les enfants, faire des enfants, dormir pour recharger sa force de travail. Un travailleur citoyen serait astreint à ce que le féminisme appelle une double journée. Le travailleur ne s'y essaye même pas – et personne ne l'y force, au contraire. *On s'occupe de tout.*

Qui s'occupe de tout ? Des riches, lesquels ne sont pas les plus dominés ; des retraités, lesquels ne sont pas les plus subversifs ; des professionnels de l'élection, issus pour la plupart des classes favorisées ; des hauts fonctionnaires au service de l'État. Accaparée par les privilégiés qui n'ont que ça à faire, la gestion de la cité est gestion des privilèges.

Toute réflexion sur la démocratie décollée d'une réflexion sur le temps de travail est une douce rêverie. La démocratie véritable, c'est-à-dire le pouvoir de décision effectif de n'importe qui, ne s'envisage pas sans le préalable d'une réorganisation égalitaire de la production et du partage, c'est-à-dire d'une dislocation de l'ordre propriétaire.

Un ordre social inégalitaire ne peut pas produire des citoyens égaux. Or il n'est de citoyens qu'égaux – en position égale de décider de la chose commune.

Dans un ordre social inégalitaire, la démocratie n'a lieu que par accident, par surgissement de l'informe dans la forme. En aucun cas en s'instituant.

Depuis quelque temps, la critique des institutions dites politiques connaît une nouvelle vigueur.

Les Gilets jaunes ont répétitivement revendiqué l'institution d'un Référendum d'initiative citoyenne. Ce tubesque *RIC* serait l'acte fondateur de la démocratie, d'où l'égalité découlerait comme le papillon de la chenille. Ou plutôt comme le papillon du papillon, car il fallait déjà que la chenille fût puissante pour imposer une institution qui l'empuissante. Dans cette circularité infernale s'épuisaient les revendicateurs. On tournait en rond.

Dans une version plus aboutie de ce scénario idéal, l'acte fondateur voyait le *peuple* se déclarer constituant et rédiger une constitution à sa main. Ce pour en finir avec la fatalité conservatrice de gouvernants concevant entre eux les règles du gouvernement, de nantis assurant le contrôle des nantis. L'entreprise était formellement admirable, et réellement stérile.

Les deux scénarios s'aveuglaient du flash utopique de masses laborieuses soudain propulsées à la barre, et dispos pour s'autogouverner sans cesser d'être laborieux. Par magie les serveurs en brasserie, chauffeurs routiers, caristes, auxiliaires de vie, hôtesses de caisse, télévendeurs pour Décathlon, secrétaires médicales, chauffagistes de Gueugnon, intérimaires durables, livreurs guinéens de sushis, tous demeurés tels, trouveraient soudain le temps et l'énergie d'exercer leur souveraineté. Ils le feraient le week-end ou en semaine après le boulot. Ralliant en bus une assemblée décisionnaire, ces subalternes sociaux passeraient d'abord au vestiaire pour se transformer en souverains politiques, comme des citrouilles en carrosses.

Les deux scénarios s'aveuglaient de l'apparition fantastique d'une classe dominante qui, s'étant employée des siècles à figer la hiérarchie par la domination économique, la verticalité féodale, le suffrage censitaire, la démocratie représentative, la professionnalisation de la politique, l'infusion dans les corps de la propagande libérale, une furie productiviste qui épuise le dominé et le relègue à mille kilomètres de la décision, abandonnerait ses prérogatives au grand nombre. Un geste magnanime, caritatif. Un panache tout aristocratique. La soudaine révélation de l'obscénité de leurs privilèges. Un brutal dégoût de soi dont l'histoire n'a d'exemple qu'au XIIe siècle, du côté d'Assise.

En un jet de poudre d'or, voici le corps social transformé en corps politique.

Apparu dans un cercle de lumière, ces dominants féeriques, ces bons rois du temps jadis accèdent à la demande d'un peuple non moins fantasmé. Un peuple purgé de la condition populaire. Un peuple dont souvent on déplore l'absence – et pour cause.

Qui veut donner *le pouvoir au peuple* sans considérer l'assujettissement quotidien de la classe populaire est en train d'emboîter des Legos dans une chambre sous vide.

La démocratie est une question sociale. Ce n'est pas l'avènement de la démocratie qui générera un ordre social égalitaire, mais l'inverse. Ou les deux en même temps, si on veut. Qui pense l'un sans l'autre sépare artificiellement ce que le réel imbrique.

Penser le corps politique sans le corps social est une déviance de politologue, ou de maître de conférences en sciences politiques. Une maladie endémique de la philosophie politique, cette discipline sans rapport avec la politique, et dont la politique n'a rien à tirer.

L'élection n'est pas un sujet en soi, et un livre qui veut le démontrer est une contradiction ambulante – finissons-le vite.

Pour le moins, le choix de participer ou non aux élections n'est pas un choix politique.

Parmi mes amis portés sur la politique, certains votent, d'autres non, et notre amitié est indifférente à ces options. Je ne vote pas, et cela ne me fâche pas avec les premiers ; si je votais cela ne me fâcherait pas avec les seconds. Nos discussions gourmandes de tout sujet n'évoquent le vote que comme nous évoquerions une préférence vestimentaire ou des activités de vacances. L'an dernier Antoine a fait le Ventoux à vélo et par ailleurs il n'a pas voté aux municipales. Ou bien a voté aux municipales. Je ne sais plus bien. Nous n'en parlons pas. Nous préférons la politique.

Le dimanche 10 avril, pendant que d'autres éliront un·e candidat·e plus ou moins raciste mais impeccablement loyal·e aux marchands, nous irons marcher le long du canal de l'Ourcq. L'air sera doux et le corps léger. Nos pas insoucieux nous porteront jusqu'à l'entrée de la Villette où, sous le périphérique, trois-cents Afghans tâchent de se tenir chaud. Des rats courront sur les déchets amassés à quelques mètres. Nous nous empêcherons de grimacer de l'odeur d'excréments. Tout en triant des vêtements apportés par des habitants charitables, des membres du collectif Pantin solidaire, formé en novembre pour parer à l'hiver, nous expliqueront que le nombre des réfugiés augmente au fil des arrivées en France mais aussi de l'évacuation d'autres camps de fortune. Ceux virés ailleurs atterrissent ici, certains virés d'ici atterriront ailleurs. Ils mangent et boivent au gré des maraudes. Les associations réussissent parfois à leur octroyer un accès à des douches ou des espaces clos, ça leur fait quelques heures de moindre mal.

Maintes fois sollicitées, les collectivités territoriales ne proposent aucune solution même provisoire. On s'achemine vers une nouvelle *mise à l'abri* préfectorale : des policiers réveillent le camp à six heures et poussent les réfugiés dans des cars en route vers nul ne sait où. Une rumeur dit Bordeaux, une autre Poitiers. L'important pour les pouvoirs publics forts d'un pouvoir de police est que ces gens dégagent la place et la vue. D'autres fois, pour les y encourager, on confisque les tentes ou on crève les toiles au couteau.

Hier les bénévoles se sont réunis pour envisager des occupations illégales de bureaux vides. Les réticents le sont de moins en moins. Chaque jour davantage les frappe l'écart entre la loi et la justice.

Au bout d'une heure nous repartirons, et contre toute attente notre pas sera plus leste qu'à l'aller. Cette sorte d'euphorie tiendra assurément à l'autosatisfaction de la conscience, mais aussi à cette giclée de réel dans nos gueules. Le réel laissé dans notre dos nous poussera comme un vent.

Sur cet élan, nous filerons à dos de TGV vers le futur site d'Imagiland.

Si le collectif ImagiNon n'existait pas, je n'aurais pas eu vent d'Imagiland. La politique est une pédagogue hors pair. ImagiNon m'a informé qu'Imagiland est un projet de parc d'attractions sur la thématique bande dessinée, proximité d'Angoulême oblige. Il est porté par l'investisseur chinois Dragontoon, pour un budget de 105 millions d'euros. La région Aquitaine a voté une subvention de 2 millions d'euros. La construction sera confiée au groupe Vinci, encore frustré du chantier de l'aéroport de Notre-Dame-des-Landes vaillamment empêché. Le site est une ancienne carrière devenue zone humide, des habitants l'habitent, des espèces protégées y persistent.

Il y a un an des gens d'ici se sont réunis pour parler, ont parlé pour agir, ont agi pour bloquer le chantier et promouvoir une autre façon d'occuper l'espace vital, d'occuper les dimanches, d'occuper tous les jours comme s'ils étaient des dimanches.

Ce matin, une réunion s'emploie à imaginer d'autres actions d'alerte, sans s'appesantir sur la gageure de sensibiliser des gens dont l'attention est capturée et anesthésiée par l'élection en cours.

Les idées fusent, dont certaines farfelues. Elles font rire. Il fait beau.

Comme il fait beau nous pouvons remonter vers le Marais poitevin passer le bonjour au collectif Bassines non merci.

Aux bassines, le collectif dit : Non merci. Le collectif est poli. La radicalité politique n'empêche pas de l'être. Au contraire. La politique apprend la politesse à la police.

C'est l'expression publique de ce Non merci qui m'a appris l'existence des méga-bassines, et qu'elles sont des cratères plastifiés de 5 à 15 hectares. L'eau manque partout et l'agriculture productiviste, par essence croissante, en consomme toujours plus. Elle conçoit donc de nouveaux procédés pour intensifier l'irrigation. La destruction est très inventive.

93 méga-bassines vont être érigées en France prochainement, dont plus d'une dizaine dans le Marais. Ce développement financé à 70 % par le gouvernement se fera en toute légalité. La politique conteste l'état des choses au profit d'un nouvel état des choses non encore ratifié par le législateur. La politique est illégaliste, est

déloyale. Dans une société inique, le civisme est désobéissant.

En novembre dernier, 3 000 personnes et 20 tracteurs ont investi le site d'une méga-bassine. Une fois la foule montée sur le talus de la bassine, un débâchage a été effectué pour la mettre hors d'état de nuire. Un élément de l'installation de pompage qui alimente la chose a été démonté. Il matérialise le fait que les bassines s'emplissent surtout en pompant dans les nappes phréatiques. Peu après, le ministre de l'agriculture, qui avait prétendu que les bassines s'emplissent avec les pluies de l'hiver, a été mis devant ce fait matériel accompli.

L'espace d'une seconde, les choses ont fait taire les mots du ministre.

Je n'y étais pas. C'est Lucie-Anna, membre du collectif, qui m'a raconté. Avec d'autres, elle œuvre aussi à former l'Agora des habitants de la Terre, qui a lancé la campagne Libérons l'eau de la Bourse, en réaction à la première cotation de l'eau à l'initiative du fonds d'investissement BlackRock. La finance, m'éclaire Lucie, entend spéculer sur la pénurie afin de garantir, par le biais d'un prix spéculatif, que l'eau soit disponible pour les firmes qui en sont les plus grandes consommatrices.

À terme, l'Agora s'amplifiera en Conseil mondial des citoyens pour la sécurité des communs de la Terre. Ses membres seront tirés au sort parmi une liste de volontaires du monde entier. Ils pourront avoir de 5 à 115 ans. Une cotisation planétaire les défraiera de la suspension de leur emploi pendant qu'ils siègent. Chacun pourra, en sus de ses attributions, représenter une espèce animale. Un tel parlera pour les libellules, une telle pour les loutres. Chacun·e parlera pour tou·tes, lui compris, elle d'abord. Les débats seront suivis d'effets. L'après-midi sera bien avancé. Toutes ces rencontres nous auront donné faim. Nous partirons en quête d'un coin de verdure où étendre une nappe de pique-nique. En cent pas nous serons seuls, hors de portée du bruit national. Nos blagues seront chuchotées pour ne pas troubler le concert d'insectes. Allongés sous le gros soleil jaune, nous mordrons dans une pêche en laissant le jus nous couler dans le cou.

Imprimé en février 2022.
par CPI Firmin Didot à Mesnil-sur-l'Estrée.
Dépôt légal : janvier 2022.
Numéro d'impression : 168699.
Imprimé en France.